Supplément au n° 41 de la *Revue Franc-Comtoise*

CATALOGUE

DES

LIVRES

composant

LA BIBLIOTHÈQUE DE M. R....

Dont la vente aura lieu le **jeudi 17 juin 1886,**
*à Dole (Jura), salle des ventes de 9 heures à midi ; de
2 à 5 heures de l'après-midi et de 8 à 10 heures du soir.*

Par le ministère de Me GAUDILLOT, Commissaire-Priseur,
Me CARON, avoué

ASSISTÉS

de M. VERNIER-ARCELIN, libraire.

———

DOLE
LIBRAIRIE VERNIER-ARCELIN
Rue des Arènes, 14

1886

ORDRE DE LA VENTE

Les numéros seront vendus dans l'ordre du catalogue.

A la fin de chaque vacation il sera vendu un certain nombre d'ouvrages et brochures en lots.

Erratum. — Page 7. — Le n° 67 est à supprimer. Cet article se trouve sous le numéro 200.

CONDITIONS DE LA VENTE

Il y aura, la veille de la vente, de deux à quatre heures, exposition des livres.

Les acquéreurs paieront, en sus du prix d'adjudication, six centimes par franc applicables aux frais.

La vente est faite expressément au comptant.

Les articles sont vendus tels qu'ils sont annoncés ; on pourra les collationner dans la salle des ventes et dans les vingt-quatre heures qui suivront l'adjudication ; mais passé ce délai, ou une fois enlevés, il ne seront repris pour aucune cause.

M. Vernier-Arcelin exécutera les commissions qu'on voudra bien lui confier.

FRANCHE-COMTÉ ET BOURGOGNE

ET

AUTEURS FRANC-COMTOIS

DEUXIÈME PARTIE

Théologie -- Jurisprudence

Sciences et Arts

Belles-Lettres -- Histoire

FRANCHE-COMTÉ ET BOURGOGNE

ET

AUTEURS FRANC-COMTOIS

1. Almanachs de Besançon. — Besançon, 1752, 1766, 1773; 1784, 1786, 5 vol. in-8. rel.

2. Abrégé d'histoire de la Franche-Comté et de la situation du pays et des Seigneurs qui y ont dominé jusqu'à présent. — Lyon, 1675, 1 vol. in-16 rel. rare.

3 Abrégé de l'histoire de la Franche-Comté et de la libération du pays et des Seigneurs qui y ont dominé jusqu'à présent. (Manuscrit sans date). — *Ex libris J. Devaux, curé de Dole.*

4. Abrégé de l'histoire du comté de Bourgogne et de ses souverains jusqu'au règne de Louis XV. — Besançon, 1787, 1 vol in-8.

5. Album Franc-Comtois (petit). — 1823 à 1827, 5 vol. in-8 1|2 rel.

6. Album Dolois. — 1843, 1844, 2 vol, in-f. rel. bas.

7. ANDRÉ. — Dissertation sur la découverte de la ville d'Antre. Dijon, 1698, 1re partie. — Découverte (la) entière de la ville d'Antre. Les méprises des auteurs de la critique d'Antre, avec la notice de la province, des seigneuries etc . — Amsterdam, 1709, 2e partie. 1 vol. in-18 rel.

8. Amanton (C. A.) — Galerie Auxonnaise ou revue générale des Auxonnais dignes de mémoire. — Auxonne, 1836, 1 vol. in-8 br.

9. Annuaires du Jura. — 1799 à 1843, 45 vol. in-8.

10. Annuaires du Doubs. — 1804, 1813 à 1842, 30 vol, in-8.

11. Annuaires de la Haute-Saône, diverses années dépareillées.

12. Aperçu sur l'ordre du chevalier de Saint-George du Comté de Bourgogne. — Vesoul, 1834, 1 vol. in-8.

13. Arrest portant réglement pour la discipline de la Chambre des Comptes de Dole. — Dole, 1709, 1 vol. in-4. rel. (incompl.)

14. Auxiron (Noble Jean-Baptiste), — Observations sur les juridictions anciennes et modernes de la ville de Besançon. — Besançon, 1777, 1 vol. in-8. rel.

15. Beauchemin (Vuillot). — Dictionnaire des villes, bourgs, villages, hameaux, granges et maisons isolées de la ci-devant province de Franche-Comté. — Besançon, 1804, 1 vol. in-8. rel.

16. Belamy. — Recueil des Noëls en patois de Besançon. — Besançon, 1842, 1 vol. in-8 br.

17. Bochet. — Recherches historiques sur Salins. — Besançon, 1828, 2 vol. in-12 avec plans.

18. Boguet (Henri). — Actions de la vie et mort de St-Claude. — Lyon, 1609 1 vol. in-16 rel. parch.(t. rare).

19. Boguet (Henri). — Discours des Sorciers. — Lyon, 1603, 1 vol. in-12. parch.

20. Boguetus (Henricus). — In consuetudines generales comitatus burgundiæ observationes. — Ludgini, 1604, 1 vol. grand in-8. rel.

21. Barozay (Guy). — Noëls Bourguignons. — Dijon, 1720, 1 vol. in-16. rel.

22. Boissard (Jani-Jacobi). — Poemata — Metis. 1589,

Abraham Faber, 1 vol. petit in-8. rel. velours.

23. BOISSARD. — Fables. — Paris, 1777, 2 vol. in-8. 1/2 rel.

24. Bourgognes (les deux). — Dijon, 1836, 1839, 9 vol. grand in-8. 1/2 rel.

25. BOYVIN. — Siège de Dole avec la déclaraton des commis au gouv^t et la lettre de Petrey de Champvans. — Dole, 1637, in-4. (rel. t. rare).

26. BOYVIN. — Siège de Dole avec gravure et plan. Anvers. 1648. 1 vol. in-4. rel.

27. BRUAND (J.). — Dissertation sur une mosaïque découverte près de la ville de Poligny. — Paris, 1816, 1 plaq. in-8 1[2. rel.

28. CALLIER (Claude-Ignace). — Dole assiégée par Condé l'an 1636, Poème. — Dole, 1822, 1 plaq. in-4 1/2 rel.

29. CAUMARTIN DE ST-ANGES (DE.) — Itinéraire de la Franche-Comté. — Besançon, 1789, 1 vol. in-12. rel.

30. Carillons Franc-Comtois (Les). — Besançon, 1840, 1 vol. in-8. relié.

31. CHEVALIER. — Mémoires sur Poligny. — 1767, 1769, 2 vol. in-4. 1/2 rel. maroq.

32. CHIFFLET. (Joannis). — Jurisprudentia vetus draconis et solonis leges. — Lyon, 1559, 1 vol. rel. parch.

33. CHIFFLET (LE P. PIERRE-FRANÇOIS). — Lettres touchant Beatrix, comtesse de Chálon. — Dijon, 1646, 1 vol. in-4. rel.

34. CHIFFLET. — Sacrosancti et œcumenici concilii tridentii, Paulo III, Julio III, canones et decreta. — Lyon, 1685, 1 vol. in-8.

35. CHIFFLET (Joannis). — Chiffletii philosophi ac medici Vesontini, Singulares tam et curationibus, quam cadaverum sectionibus observationes. — Paris, 1612, 1 vol. in-18. parch.

36. CLAUDET (MAX). — Perraud et son œuvre, avec un por-

trait de J. Viennot. — 1877, Sandoz, 1 vol. in-8. br.

37. CLERC (l'abbé). — Mémoire pour les curés et prêtres familiers, chapelains de la ville de Dole, contre le chapitre de la même ville. — Besançon, 1769, 1 vol. in-8. br.

38. CLERC (l'abbé). — Vie de St-Valbert. — Paris, 1852, 1 vol. gr. in-8. br.

39. CLERC (Le Président Ed.). — Essai sur l'histoire de la Franche-Comté, — Besançon, 1840, 1846, 2 vol. gr. in-8. avec grav.

40. CLERC (Le Président Ed.). — La Franche-Comté à l'époque romaine. — 1847, 1 vol. in-8. avec 89 grav. et une carte.

41. Commentaires des mémoires du comte de St-Germain. — Londres, 1781, 1 vol. in-12.

42. Compte rendu par un des commissaires nommé par le parlement de Besançon pour l'examen de l'affaire des Jésuites, 17 et 18 août 1762. — 1 vol. in-18. rel.

43. Comté de Montbéliard (Le). — 1789, 1 in-8. rel. (rare).

44. Congrès scientifique de France tenu à Besançon en septembre 1840. — Besançon. 1841. 1 vol. in-8 br.

45. Conradi-Samuelis SCHURZFLEISCHI. — Historia Veteris regni populique Burgundionum Vittembergæ Saxonum. 1579. 1 vol. in-4 rel.

46. COURTÉPÉ. — Description historique et topographique du duché de Bourgogne. — Dijon, 1775, 6 vol. in-18. br.

47. COUSIN (Gilbert). — Brevis ac dilucida Burgundie superioris. Quœ comitatus nomine censetur, descriptio. — 1552, Basileæ, 1 vol. in-12 avec blason, rel. de Bauzonnet-Trautz, (maroq. bleu foncé) rare.

48. Coutumes] générales du Comté de Bour goingne. — Lyon, 1531, in-12, gothique, 1 vol. in-12. 1|2 rel.

49. Coutumes générales des Pays et Duché de Bourgogne

avec le commentaire de M. Taisand. — Dijon, 1698,
1 vol. in-f. rel.

50. CRESTIN. — Recherches historiques sur la ville de
Gray au comté de Bourgogne. — Besançon, 1788,
1 vol. in-8 rel.

51. DELORT (Baron). — Odes d'Horace, traduites en vers
français par M. le baron Delort. — Paris, 1864, 2 vol.
in-8 br.

52. DEBRY (Jean). — Mémoire statistique du département du
Doubs. — Paris, an XII, 1 vol. in-f°.

53. DEMESMAY. — Traditions populaires de Franche-Comté.
(Poésies). — 1838, 1 vol. gr. in-8 br. orné de litho-
graphies par Ch. Marville.

54. DENYS (L). — Le conducteur français (n° XXXV) Franche-Comté, avec cartes. Paris, 1779, 1 vol. in-8 rel.

55. DESCHAMP (Etienne Maurice). — Souvenirs militaires,
persécutions sous la Restauration, songe, etc. — Pontarlier, 1835, 1 vol. in-8 br.

56. Description topographique et statistique de la France,
département du Jura, 1 plaq. in-4, demi-rel. (sans
date).

57. DESTEIM (Claude). — Le Franc Bourguignon pour l'entretien de l'alliance des Francs d'Espagne. — Paris,
1615, 1 vol.

58. Diabotanus ou l'Orviétan de Salins, poème héroï-comi-
que, traduit du languedocien. — Paris, 1749, 1 vol.
in-18 rel. parch. vert.

59. Dictionnaire général des communes, hameaux, granges,
fermes, rivières, ruisseaux, etc., du département du
du Jura, faisant suite à la statistique de M. Pyot. —
Lons-le-Saunier, 1838, 1 vol. in-8 br.

60. Dissertation sur l'établissement de l'abbaye de Saint-
Claude. - 1772, 1 vol. in-8.

61. Dissertations sur les origines de la ville de Dijon et sur les antiquités découvertes sous les murs bâtis par Aurélien. — 1771. 1. vo¹.

62. Dissertatio canonica sur l'église de la Visitation de Dole. — Dole, 1700, 1 vol. in-18, demi-rel.

63. Dissertation sur l'antiquité de la ville de Dole. — Dole, 1744, 1 vol. in-18.

64. DORIVAL (Claude-François). — Commentaire sur les usages et coutumes de Besançon. — Besançon, 1721, 1 vol. in-4 rel.

55. DROZ. — Mémoires pour servir à l'histoire de la ville de Pontarlier. — Pontarlier, 1840, 1 vol. in-8 br.

56. DUFEY (J.-S.). — Résumé de l'histoire de Bourgogne avant et depuis l'invasion des Romains. — Paris, 1825, 2 vol. in-18, avec carte et 1 grav.

57. DUNOD DE CHARNAGE. — Histoire des Séquanois et de la province Séquanoise, etc. Histoire du second royaume de Bourgogne, etc. — 1735-37, 2 vol. in-4 rel.

58. DUNOD DE CHARNAGE. — Mémoires pour servir à l'histoire du comté de Bourgogne, contenans le nobiliaire dudit comté, etc. — Besançon, 1740, 1 vol. in-4 rel.

59. DUNOD DE CHARNAGE. — Histoire de l'église, ville et diocèse de Besançon. — Besançon, 1750, 2 vol. in-4.

60. DUNOD DE CHARNAGE. — Observations sur les titres des droits de justice, etc. — Besançon, 1756, 1 vol. in-4 rel.

61. DUNOD DE CHARNAGE. — Traité des prescriptions, de l'aliénation des biens de l'Eglise et des dixmes, etc. — Dijon, 1730, 1 vol. in-4.

62. DUNOD DE CHARNAGE. — Traité de mainmorte et des retraits. — Epinal, 1761, 1 vol. in-4.

63. DURONZIER. — Mémoires historiques sur la Franche-Comté pendant la domination des ducs de Bourgogne

de la maison de Valois. — Besançon, 1833, 1 vol. in-8 br.

64. DUVERNOY. — Ephémérides du Comté de Montbéliard. — Besançon, 1832, 1 vol. in-8 br.

65. D*** S. D. H*** Suite du supplément au nobiliaire des Pays-Bas et du comté de Bourgogne, 1555 à 1614. — Malines, 1779, 4 vol. in-18 br.

66. Elementa juris canonici ad jurisprudentiam comitatus Burgundiæ — Vesuntione, 1783, 1 vol. in-8 br.

67. Joannis Edouardi DU MONIRE. — Burgundionis Guyoni Barestathas suis mundicreatii. — Parisis, 1579, 1 vol. rel.

68. Essai historique sur quelques gens de lettres du comté de Bourgogne, par Girod de Novillars. — Besançon, 1806, 1 vol in-8, demi-rel.

69 Essais sur l'histoire des premiers rois de Bourgogne, et sur l'origine des Bourguignons, avec gr. et pl. — Dijon, 1770, 1 vol. in-4 rel.

70 Essai critique, philologique, politique, moral, littéraire et galant sur les lanternes, etc. — Dole, 1755, 1 vol. in-18, demi-rel.

71. Extrait des registres de la chambre des comptes du comté de Bourgogne séant à Dôle. — 1643, 1 vol. in-4.

72. Factum des professeurs en théologie du collège des jésuites de Besançon, pour servir de réponse au factum de quelques curés de la même ville, suivi de propositions tirées du traité de la foy. — 1 vol. in-4 (sans date).

73. FALLOT. — Recherche sur le patois de Franche-Comté, de Lorraine et d'Alsace. — Montbéliard, 1828, 1 vol. in-18. 1/2 rel. v.

74. FERRAUD. — Mémoires concernant le duché de Bourgogne (manuscrits). — 1700, 2 vol. in-4 rel.

75. Flore de Bourgogne. — Dijon , 1782 , 2 vol. in-8 rel.
avec grav.

76. FODEREY (Jacques). — Narration historique et topographique de couvens de l'ordre St. François et monas-
tères Ste. Claire. Province de Bourgogne. — Lyon ,
1619, 1 vol. in-4 rel.

77. FORCE (Mlle de la). — Histoire secrète de Bourgogne.
— Paris, 1782, 3 vol. in-12. rel.

78. FOURCAULT (N). — Evaluation des poids et mesures
anciens en usage dans la Franche-Comté. — Besançon, 1873, 1 vol. in-8 br.

79. Franche-Comté (La) ancienne et moderne avec les
cartes géographiques. Lettres à Mlle d'Udressier. —
Paris, 1779, 1 vol. in-18 rel.

80. FRANSQUIN. — Notes topographiques et historiques sur
la ville de Dole. — Dole, 1822, 1 vol. in-8 br.

81. G^r. (L'abbé) — La muse d'un théologien du mont Jura
ou recueil de petites poésies et d'opuscules d'un doc-
teur en théologie. — Lausanne, 1776, 1 vol. in-8 (tome
I et II) relié. (2 exemp.)

82. GARREAU. — Description du gouvernement de Bourgogne. — Dijon, 1734, 1 vol. in-8 rel.

83. GASPARD. — Histoire de Gigny (Jura). — Lons-le-Saunier, 1843, 1 vol. in-8 br.

84. GAUTHIER. — Rec. des Noëls au patois de Besançon.
— Besançon, 1804, 1 vol. in-16, demi-rel.

85. Généalogie de la maison de St.-Mauris depuis le cou-
rant du XIe siècle. — 1 vol. avec armes et vignettes,
in-f^o rel.

86. GERRIER. — Mémoire sur l'état de l'agriculture dans le
Jura. — Lons-le-Saunier, 1822, 1 vol. in-8 br.

87. GIRAULT. — Recherches historiques et géographiques

sur l'ancienne ville de Dittation, Paris, 1811, plaquette
in-8 br.

88. GIROD CHANTRANS. — Essai sur la géographie du département du Doubs. — Paris, 1810, 2 vol. in-8 rel.
— Entretien d'un père avec son fils sur quelques questions d'Agriculture. — Besançon 1805, 1 vol in-8 br.

89. GOLLUT. — Mémoires historiques de la république séquanoise et des princes de Franche-Comté. — Dole,
1592, 1 vol. in-4 rel. v. pl.

90. GOLLUT. — Mémoires historiques de la république séquanoise et des princes de Franche-Comté et de Bourgogne. — Arbois, 1846, 1 vol. in-4 br.

91. GRAMMONT (Pierre de) — Statuta seu decreta Synodalia Bisuntinæ diœcesis 1480 à 1680 — Bisuntiæ 1680,
1 vol. in-4 rel.

92. GRAPPIN (Dom). — Dissertation sur l'origine de la mainmorte dans les provinces du premier royaume de
Bourgogne. — Besançon, 1779, 1 vol. in-8 rel.

93. GRAPPIN (Dom). — Mémoires historiques sur les guerres du XV⁰ Siècle dans le Comté de Bourgogne. —
Besançon, 1788, 1 volume in-8 rel.

94. GRAPPIN (Dom). — Mémoires historiques sur le cardinal de Granvelle. — Besançon, 1 vol. in-8 demi-rel.

95. GRIVEL (J.) — Décisiones céliberrimi sequanorum senatus Dolani. — Dijon, 1731, 1 vol. in-f. rel.

96. GRIVEL (J.) — Journal de J. Grivel seigneur de Périgny, avec notes par Emile Chereau. — Lons-le-Saunier,
1 vol. in-8. br.

97. Alex. GUENARD. — Besançon description historique des monuments et établissements publics avec 1 plan
4 lithogr. — Besançon, 1844, 1, vol. in-12 br.

98. GUILLAUME. — Histoire Généalogique des sires de Salins. — Besançon, 1741, tome I.

— Histoire de la ville de Salins. — Besançon, 1743, tome II. 2 vol. in-4 rel.

99. GUYÉTANT. — Essai sur l'état actuel de l'agriculture du Jura. — Lons-le-Saunier, 1822, 1 vol. in 8° 1|2 rel.

100. Histoire abrégée du Comté de Bourgogne. — Besançon, 1780, 1 vol. in-18 rel.

101. Histoire amoureuse et tragique des princesses de Bourgogne, enrichie de leurs véritables portraits en taille douce. — La Haye, 1720, 2 tom. en 1 vol. in-18 rel.

102. Histoire des guerres des deux Bourgognes, sous les règnes de Louis XII et Louis XIV. — Dijon, 1783, 2 vol. in-12. br.

103. Histoire de Marie de Bourgogne fille de Charles le Téméraire. — Amsterdam, 1742, 1 vol. in 18 rel.

104. Invasion du Comté de Bourgogne par la France et la Lorraine en l'année 1595. — Lons-le-Saunier, 1865,

105. IVRAIN (Cte.) — Histoire des antiquités et prérogatives de la ville et Comté d'Auxonne. — Dijon, 1611, 1 vol. in-18. parch. (tr. rare)

106. JEPHTÉ. — Enigme expliquée devant nos seigneurs de la Chambre et Cour des comptes, aides, domaines et Finances du Comté de Bourgogne par les Rhétoriciens et les Humanistes du Collège de Dole de la compagnie de Jésus. — Dole, 1705, petit in-4. rel

107. JOBARD (A.) de Dole. — L'Angelomanie, comédie en 2 actes. — Dole, 1808, 1 vol. in-8. br.

108. Observations sur l'Angelomamie et le Frère Ange. — 1 vol. in-8.

109. JOIGNEAUX. — Fragments historiques sur la ville de Beaune, — Paris, 1839, 1 vol in-8

110. JOLYOT (Ferry). — Elégies de la belle fille se lamentant sur sa virginité perdue, réédition complète publiée sur

l'édition originale de 1557. — Paris, 1873, 1 v. in-8. br.

111. LABBEY-DE-BILLY. — Histoire de l'université du Comté
de Bourgogne pour faire suite aux ouvrages de Dunod.
— Paris, 2 vol. in-8. d. chag.

112. LAIRE (R. P.) — Dissertation sur l'origine et les progrès de l'imprimerie en Franche-Comté pendant le
quinzième Siècle — Dole, 1785, 1 plaq. in-8. demi rel.

113. LA VALLÉE. — Voyage dans les départements de
France, (Franche-Comté.) — Paris, 1792, 1 vol, gr.
in-8, demi rel. avec 12 gravures et 5 cartes de O. Brion,
père et fils.

114. LEFEBURE. — Résumé de l'histoire de la Franche-
Comté. — Paris, 1825, 1 vol. in-18 br.

115. LE FÉVRE (J. F.) — Opera Joannis Francisci Le Févre. — Vesuntione, 1737, 2 tom en 1 vol. in-4 rel.
avec fig.

116. LE NORMAND. — Observations sur la nature, la vertu
et l'usage des eaux minérales de Jouhe près de Dole
en Franche-Comté. — Dole, 1700, 1 vol in-12.

117. LOISEY (DE). — Estat de l'illustre confrérie de St-George
autrement dicte de Rougemont en la Franche-Comté de
Bourgoingne avec les noms, prénoms, surnoms, récep-
tions, armes et blasons d'un chacun des seigneurs
confrères et celle de leur ligne de noblesse. — Besançon, 1643, 1 vol. in-4. reliure maroq. pl. laval. de
Bauzonnet-Trautz. (tr. rare.)

118. LUXEUIL. — ALIÈS. — Précis sur les eaux thermales
et minérales de Luxeuil. — Paris, 1831, 1 vol. in-8.
— CHAPELAIN. — Luxeuil et ses bains. — Paris, 1851,
1 vol. in-8. br. — MOLIN (Dᵣ) — Notice sur Luxeuil.
— Paris, 1833, 1 vol. in-8 br. — REVILLOUT. — Recherches sur les propriétés des eaux de Luxeuil. —
Paris, 1838, 1 vol. in-8. br.

119. MACHARD. — Essai sur la topographie médicale de Dole. — Dole, 1823, 1 vol. in-8. demi rel.

120. MAIRET. — Le grand et dernier Solyman, ou la mort de Mustapha, tragédie. — Paris, 1639, 1 vol. in-4. demi-rel (tr. rare).

121. MAIRET. — La Silvanire ou la morte-vive. Trag.-comédie-pastorale. — Paris, 1631, 1 in-4 parch. (t rare).

122. MAIRET. — La Sylvie, tragi-comédie-pastorale. — Paris, 1633. 1 vol. in-4. parch. (tr. rare).

123. MANCY, (J. DE). — Les Echos du Jura (poésies). — Lons-le-Saunier, 1841, 1 vol. in-8. br.

124. MARTIN. — Histoire de Napoléon par M. Martin de Gray. — Paris, 1853, 1854, 3 vol. in-8. br.

125. Mémoires de l'académie de Besançon. — 1838 à 1876, Besançon, 7 vol. in-8. br.

126. Mémoires et morceaux de l'académie de Dijon. — 1764, 1782, 1784 (1er semestre), 1785. Dijon, 7 volumes in-8 br.

127. Mémoires sur l'abbaye de Faverney. — Besançon, 1771, 1 vol. 8 br.

128. Mémoire pour le noble chapitre de l'abbaye royale de St-Claude, contre François d'Angeville grand prieur de cette abbaye, appelant comme d'abus, 1 vol. in-4 demi-rel. (sans date).

129. Mémoires des antiquités du département de la Côte-d'Or. Années 1832-33. — Dijon, 1834, 1 vol. 8. br.

130. Mémoire et consultation pour servir à l'histoire de l'abbaye de Château-Chalon. — Lons-le-Saunier, 1785, 1 vol. in-4 demi-rel.

131. Mémoires divers présentés à la Cour de Besançon et dans différentes autres cours. 2 vol. in-f° rel.

132. Mémoires pour le comte de Mirabeau contre le sieur

Monnier, suivi de pièces justificatives et de l'arbre généalogique. 1 vol. in-8 1/2 rel.

133. Mémoires de Pierre de Fenin comprenant le récit des évènements qui se sont passés en France, en Bourgogne sous les règnes de Charles VI et Charles VII, 1407-1427. — Paris, 1837, 1 vol. 8 demi-rel.

134. Mémoires pour servir à l'histoire de France et de France et de Bourgogne contenant un journal de Paris sous les règnes de Charles VI et Charles VII, l'histoire du meurtre de Jean-sans-Peur avec les preuves. — Paris, 1729, 1 vol. in-4 rel.

135. MILLE. — Abrégé de l'histoire ecclésiastique, civile et littéraire de Bourgogne, depuis l'établissement du Bourguignon dans les Gaules jusqu'à l'année 1772. — Dijon, 1771-1773, 3 vol. in-8, avec carte.

136. MONNIER (Désiré). — Les Jurassiens recommandables. — Lons-le-Saunier, 1828, 1 vol. in-8. l.r.

137. MONTBARREY. — Mémoires autographes de M. le prince de Montbarrey. — Paris, 1826, 3 vol. in-8. br.

138. NAN (Jehan de). — Règles générales pour la connaissance de l'office divin du diocèse de Besançon. (Manuscrit) 1413, 1 vol. in-4 rel.

139. NODIER (Charles). — Mélanges. Paris 1829, 1 vol. in-8 rel. — BERTRAM, tragédie traduite de l'anglais. Paris 1821, 1 vol. in-8 br.

140. Notice topo-phytographique. Abrégé de quelques lieux du Jura, de l'Helvétie et de la Savoie, par un avocat de Dole. — Dole. 1822, une plaq. in-8 demi-rel.

141. Notice sur quelques ouvrages du département du Jura. 1 vol. in-4.

142. Observations sur les Juridictions anciennes et modernes de la ville de Besançon. — Besançon, 1777.

143. Observations sur le passage de Mr Millin à Dijon, avec

recherches historiques sur les antiquités de cette ville. — Dijon 1808, 1 vol. in-8 br.

144. OGÉRIEN, (Frère). — Histoire naturelle du Jura. — Paris, 1863, 1864, 1865, 1867, 4 vol. in-8. br. orn. de vign.

145. Ordonnance du prince Charles Ve de ce nom, empereur des Romains, duc et comte de Bourgogne. — Dole, 1554, 1 vol. in-4, rel. anc. (tr. rare.)

146. Ordonnances, règlements et statuts des arts et métiers de la cité royale de Besançon. — Besançon, 1689, 9 vol. petit in-4 rel.

147. Ordonnances de très-haut, très-puissant, très-excellent et victorieux prince Philippe, roi d'Espagne et de Bourgogne. — Dole, 1586, 1 v. in-4, demi-rel. v.

148. PALLU. — Catalogue de la bibliothèque de Dole. — Dole, 1848, 3 vol. in-8 br.

149. PARADIN DE CUYSEAUL (G.). — Annales de Bourgogne. — Lyon, 1556, 1 vol. in-fo rel.

150. PÉLISSON. — Le siège de Dole en 1668, relations écrites pour Louis XIV et publiées d'après le manuscrit de la bibliothèque nationale, par A. Vayssière. — Dole, 1873, 1 vol. in-12 br., pap. de Hollande, tiré à 182 exempl. No 110.

151. PERRIN (J.-B.). — Notes historiques sur le département du Jura. — Lons-le-Saunier, 1852, 1 vol. in-8 br.

152. PERSANS (DE). — Recherches sur la ville de Dole. — Dole, 1812, Joly, 1 vol. in-8, dos orné, tr. dor.

153. PETREMAND. — Rec. d'anciens édicts du comté de Bourgoigne, G. Droz, libraire. à Dole, 1570, Roussin, imprimeur à Lyon, 1570. 1 vol. in-4.

154. PETREMANE. — Recueil des ordonnances et édits de Franche-Comté et Bourgogne. — Dole, 1619, 1 vol. in-4 rel.

155. **Plantet** et **Jannez**. — Essai sur les monnaies du comté de Bourgogne. — Lons-le-Saunier, 1855, 1 vol. gr. in-4, demi-chag.

156. De Paris à Besançon, Pontarlier, Lauzanne et Neuchâtel en Suisse, par Provins, Troyes, Bar-sur-Seine, Dijon, Auxonne et Dole. — Paris, 1828, 1 vol. in-8 br.

157. **Poinctes de Gevigney** (Fanny de). — Faverney et la sainte Hostie. — Besançon, 1862, 1 vol. in-18 br.

158. **Poissenot**. — Statistique abrégée du département de la Haute-Saône. — Vesoul, 1819. 1 vol. in-8 br.

159. Pro Capitulo imperiali Bisuntino super jure eligendi suos archiepiscopos, etc. — 1672. 1 vol. in-4 1/2 rel.

160. Projet de conquête du Comté de Bourgogne (manuscrit). — 1668, 1 vol. in-4. rel. bas. pl.

161. **Prudont de Faucogney** (R. P.). — Dissertation qui a remporté le prix au jugement de l'académie en 1777, sur ce sujet : Quels sont les caractères d'une maladie qui commence à attaquer plusieurs vignobles en Franche-Comté et les moyens de la prévenir et de la guérir ? — Besançon, 1758, 1 vol. in-8 demi-rel.

162. **Prudent de St. Mauris**. — La pratique et stil iudiciaire observé tant en la cour du parlement qu'ès tribunaux de justice au comté de Bourgogne. — Dole, 1626, 1 vol. in-4. bas. pl.

163. **Querret**. — Etat par ordre alphabétique des villes, bourgs, villages du comté de Bourgogne. — Paris, 1748. — 1 vol. in-8 rel.

164. **Querret** (Jean). — Carte du comté de Bourgogne dédiée à Monsigneur Machault, levée par ordre de la cour par le sieur Jean Querret, ingénieur des ponts et chaussées, vue et vérifiée par MM. Cassini et Maraldi de l'académie royale des sciences, gravée à

Paris par Jean Lattré. — 1748, 1 feuille collée sur toile et pliée (1,10 × 1,80) en étui.

165. R... (Le comte Grégoire de). — Voyage minéralogique et physique de Bruxelles à Lausanne, par le Luxembourg, la Lorraine, la Champagne et la Franche-Comté. — 1782, 1 vol. in-12 br.

166. Rapport général de l'agriculture du Doubs de l'an X à l'an 1808. Besançon, 6 vol. br. — Mémoires de la Société d'agriculture du Doubs, 1820 à 1827 et 1835. — Besançon, 7 vol. in-8 br.

167. Recherches sur les anciennes monnaies du comté de Bourgogne. — Paris, 1782, 1 vol. in-8.

168. Recueil des édits depuis la réunion de la Franche-Comté à la couronne, enregistrés à la chambre des comptes de Dole. — Besançon, 1778, 1 vol. in-f° rel.

169. Recueil des édits et déclarations du roi enregistrés au parlement de Besançon depuis la réunion de la Franche-Comté à la couronne, avec une table, de 1674 à 1699 inclus. — Besançon, 1771, 5 vol. in-f° rel.

170. Recueil de principaux édits de la chambre des comptes, la cour des aides, domaines et finances du comté de Bourgogne séant à Dôle. — Dole, 1758, 1 vol. in-4 rel.

171. REGNAULT (Georges). — Ordonnances anciennes du parlement de Dole. — Lyon, 1540, 1 vol. in-4, rel. chag. pl. et d. ornés tr. or. (rel. de Sollot). tr. rare.

172. Remontrances du parlement de Franche-Comté au roi. — 1742, 1 vol. in-18 rel.

173. RICHARD (L'Abbé). — Recherches historiques et statistiques sur l'ancienne seigneurie de Neuchâtel au comté de Bourgogne. — Besançon, 1840, 1 vol. in-8 br.

174. ROCARD — Biographie militaire du Jura, comprenant

les généraux et les officiers de toutes armes nés dans
le département du Jura qui se sont fait remarquer de
1791 à 1815. — Lons-le-Saunier, 1845, 2 vol. in-8.

175. ROLLAND (Pierre-Simon). — Electricisme du mond.
— Lons-le-Saunier, 1817, 1 vol. in-8 avec pl. de fig.

176. ROUGET DE L'ISLE. — Essais en vers et en prose. —
Paris, 1796, 1 vol. in-8, avec signature autographe
de Rouget de l'Isle au général Morgan.

177. St-HILAIRE (Comte de). — Incendie de Salins. —
Paris, 1825, in-8, demi-rel.

178. Séances de l'académie de Besançon. — 1807 à 1840,
10 vol. in-8 rel.

179. SEQUANIO. — Un fleuron de la France. — Paris, 1854,
1 vol. in-8 br.

180. Soirées helvétiennes (Les), alsaciennes et franc-c om-
toises. — Amsterdam, 1771, 1 vol. in-8. demi rel.

181. Statuta etc, (Statuts de Charles de Neufchatel arche-
vêque de Besançon). Speculum aureum animœ
peccatricis a quodam cartusiense editum. —Bisuntii,
1487, 1 vol. in-f. rel. v. pl. (Ce livre est le premier
qui ait été imprimé à Besançon, par Jehan Contet,
dont il porte la signature autographe. — (manque le
titre principal). (t. rare).

182. Statuta monasterii Sancti Claudii. — Paris, 1704, 1 vol.
in-4. parch.

183. Statuts (Les) de la confrérie de la croix à Lons-le-
Saunier en 1592. — Besançon, Couché (sans date),
2 vol. in-18.

184. Tarif des droits des officiers au parlement de Besançon. — 1694, 1 vol. in-18. rel.

185 TISSOT. — Les salpêtriers républicains, comédie repré-
sentée à Dole en 1784. — Paris, 1784, 1 vol. in-8.
demi rel.

186. Tourangeau (André du Chesne) — Histoire généalogique de la maison de Vergy enrichie de plusieurs figures. — Paris, 1625, 1 vol. in-f demi rel.

187. Valentin. — Les deux ducs de Bourgogne, hist. des XIVe et XVe siècles. — Tours, 1841, 1 vol. in-8 br.

188. Varenne (H. de). — Quinze jours dans un château de Franche-Comté. — Paris, 1838, Didot, 1 in-8 rel.

189. Virgini-Deiparae. — Theses-Medicæ, par plusieurs auteurs Franc-Comtois. — Vesuntione, 1770, 1 vol. in-4. rel.

190. Vertot (De). — Statuta decreta synodalia bisontinæ diocesis. — Bisuntii, chez Rigoine, 1480, 1680. 1 vol.

191. Voyage dans le Jura. — Paris, an IX, 2 vol. in-8. demi rel.

192. Voyage d'une Française en Suisse et en Franche-Comté depuis la Révolution. — Londres, 1790, 2 vol. in-8 rel.

193. Vuillier. — Adresse de Vuillier de Dole à Sa Majesté l'empereur des Français, roi d'Italie, sur la navigation du canal Napoléon. — Dole, 1806, 1 vol. in-8, demi rel.

194. Wuild (Macquart). — Apologie pour la vieille cité d'Avenche ou Aventicum en Suisse... opposée a un nouveau traité, mis au jour par l'auteur de la découverte de la ville d'Antre. — Berne, 1710, 1 vol. in-8. rel. anc. maroq. gard. soie avec planches et signature autographe de l'auteur, (tr. rare.)

SUPPLÉMENT A LA 1ʳᵉ PARTIE

195. Bullet. — Mémoires sur la langue celtique. — Besançon, 1754-60, 3 vol. in-fᵒ. rel.

196. Desternod (Claude). — Le Franc-Bourguignon pour l'entretien des alliances de France et d'Espagne. — Paris, 1615, 1 vol. in-18 br.

197. Guyétant. — Poésies diverses. Paris, 1790, 1 vol.

198. Hautecourt (D'). — Fables et contes. — Dole, 1827, 1 vol. in-18. demi rel.

199. Marmier. — Lettres sur le nord. — Paris, 1840. 2 vol. in-8. br.

200. Du Monin (J. Ed.). —Burgundionis gyani beresithias, sive mundi Creatio. — Paris, 1579, 1 vol. in 18. rel. (t. rare.)

201. Plusieurs lots de brochures concernant plus particulièrement la ville de Dole, la Révolution.

202. Lot d'annuaires que le temps n'a pas permis de cataloguer.

Théologie -- Jurisprudence

Sciences et Arts

Belles-Lettres -- Histoire

203. ABELLY, (Louis-Messire). — La vie du bienheureux serviteur de Dieu, Vincent de Paul. — Paris, 1644, 1 vol. in-4. rel.

204. Abrégé chronologique de l'histoire de France. — 1756, 2 vol. in-8. rel.

205. Abrégé des transactions philosophiques de la société Royale de Londres. — Paris, 1787, 14 vol. in-8. rel.

206. ADMIRAL, (L.) — Dictionnaire du temps pour l'intelligence des nouvelles de la guerre avec plans. — Paris, 1756, 1 vol. in-12.

207. Amusement philosophiques de deux amis. — Paris, 1756, 1 vol. in-12.

208. An 2440 (l'). Rêves. — Londres, 1773.

209. Annuaire du républicain. — Paris an II, 1 vol. in-8. avec frontispice, demi rel.

210. ANSELME (P). — Le Palais de la gloire contenant les généalogies historiques des plus illustres maisons de France et de plusieurs nobles familles d'Europe. — Paris, 1664, 1 vol. in-4.

211. A-propos de Société (les). — Paris, 1776, 2 vol. in-8. rel. av. grav. de Moreau et musique.

212. ARBOLAYRE. — Le Grand Herbier, imprimé par Jehan

Janot, 1484, 1 vol. in-4. gothique, rel. parch. avec fig. en bois.

213. ARISTOTE. — Philosophie et histoire naturelle. — Paris, 1494, 1 vol. in-4. rel. parch. avec majuscules à la main.

214. ASCARGOTA (D'). — Précis de l'hitoire d'Espagne, traduit de l'Espagnol, par M. L. G... — Paris, 1823, 2 vol. in-8. br.

215. ATHALIS. — De Usu et Abusu et Selectu Catharticorum. — Besançon. 1 vol. manuscrit in-4 (sans date).

216. Atlas moderne (Petit). — Paris, 1783, in-4. comprenant 29 cartes en couleurs et un texte explicatif.

217. AUBRY. — Les oracles de Cos. — Paris, 1775, 1 vol. in-8. rel.

128. AUDIN. — Fables héroïques. — Paris, 1648, 1 vol. in-8. relié, avec 60 gr.

219. B*** (Comte de). — Œuvres complètes. — Londres, 1771, 2 vol. in-8.

220. BACON-TACON (Pierre J. J.) — Recherches sur les origines celtiques dans le Bugey. — Paris, 1795, 2 vol. in-8. br.

221. BAÏF (Ian-Ant. de) — LE BRAVE. Comédie jouée devant le roi en l'hôtel de Guise à Paris, le 28 janvier MDLXVII. — Paris, 1567, 1 vol. petit in-18. rel.

222. BALBI. — Géographie. — Paris, 1838, 1 vol. in-4. demi rel. avec 24 fig. et cartes.

223. BANTISCH-KAMENSKY. — Galerie des personnages de la Russie sous le règne de Louis-le-Grand, avec portraits. — Paris, 1829, 1 vol. in-8. br.

224. BARD. — Statistique des basiliques de Lyon, 1841, 1 vol. grand in-8. br.

225. BARD. — Cent têtes sous un bonnet. — Paris, 1836, 1 vol. in-8. broché.

226. BARANTE (Baron de) Mélanges historiques et littéraires. — 1835, 3 vol. in-8. br.

227. 'BARCLAY (Jean). — L'Argenis avec gravures et portraits. — Paris, Buon, 1623, 1 vol. in-8.

228. BARRAL. — Manuel de drainage. — Paris, 1860, 1 vol.
grand in-18 b. avec figures et planches.

229. BARRUEL (M.) — Mémoires pour servir à l'histoire du
jacobinisme. — Hambourg, 1798-99, 4 vol. in-8. 1|2
rel.

230. BARTHELEMY (J.-J.). — Voyage du Jeune Anacharsis
en Grèce. — Paris, 1796, 7 vol. in-8 et un atlas in-f°
rel.

231. BAUDRAND. — Géographie. — Paris, 1682, 2 vol. in-f°
avec portrait de l'auteur.

232. BEAULIEU (Sébast. de Pontault seigneur de) — Les
glorieuses conquêtes de Louis-le-Grand, où sont
représentés les cartes, profils, places, plans des
villes avec leurs attaques etc. — Paris, 1679-94,
1 vol. grand in-fol. (manque le 1er vol.)

233. BAVHIN (Gaspard). — Histoire des plantes de l'Europe,
Lyon, 1671, 2 vol. in-8 rel.

234. BEAUMELLE (De la). — Mémoires pour servir à l'histoire de Me de Maintenon. — 1757, 6 vol. in-12.

235. BEAUZÉE. — Grammaire générale. — Paris, 1767,
2 vol. in-8 rel.

236. BELLE-ILLE (Mal duc de). — Testament politique du
maréchal duc de Belle-Ille. — Amsterdam, 1710,
1 vol. in-12.

237. BELIDOR. — Table pour jeter les bombes avec préci-
sion. — 1731, 1 vol. in-12.

238. BILLECOQ. — Traité des fiefs. — Paris, 1789, 1 vol.
in-4. rel.

239. BELLIN. — Essai géographique sur les iles britanni-

ques avec cartes et fig. par Belin, ingén. de la mar.
— Paris, 1759, 2 vol. in-18.

240. BENYOWSKY (Comte de). — Voyages et mémoires contenant ses opérations en Pologne, son exil au Kamschatka et son voyage à travers l'Océan Pacifique au Japon, à Formose etc. traduit de l'Anglais. — Paris, 1791, 2 vol. in-8.

241. BÉRANGER. — Œuvres complètes. — Paris, Perrotin, 1847, 2 vol. in-8. avec 52 gravures sur acier rel. 1|2 chag. et 2 fac. d'autographes.

242. BERGMANN (B). — Voyage chez les Kalmulks. — Chatillon-sur-Seine, 1725, 1 vol. in-8, demi-rel.

243. BERGIER. — Examen de matérialisme — Paris, 1771, 2 vol. in-12.

244. BERGIER. — La certitude des preuves du christianisme, contre l'auteur du christianisme dévoilé. — Paris, 1767, 2 vol. in-12.

245. BERNARDIN DE ST-PIERRE. — Œuvres complètes. — 1826, 12 vol. in-8.

246. BERNARDIN DE ST-PIERRE. — Correspondance; précédée d'un supplément aux mémoires de sa vie, par L.-Aimé Martin. — Paris, 1826, 4 vol. in-8 br.

247. BERNIS (L. D.) — Les poètes-lyriques par M. de Bernis. — Paris, 1746, vol. in-8 rel.

248. BERTHELIN (Abbé). — Recueil des pensées ingénieuses, tirées des anciens poètes latins. — Paris, 1752, 1 vol. in-12. rel.

249. BINET (P. Estienne). — Essai des merveilles de la nature et des plus nobles artifices, par René François, prédicateur du roi. — Rouen, 1621, 1 vol. in-4 parch.

250. BINET (P. Estienne). — Essai des merveilles de nature et des plus nobles artifices, par Réné François,

prédicateur du roi. — Paris, 1638, 1 vol. in-8 relié parch.

251. Binet (P. Estienne). — La vénerie et la chasse des bêtes puantes, par René François — 1 in-4 parch.

252. Bible (La). — Traduction des pasteurs et professeurs de l'église de Genève. — Genève, 1665, 1 vol. in-4.

253. Biblia Sacra Vulgatæ editionis. — Lugdini, 1691, 1 vol. pet. in-4 rel.

254. Billard de Vaux. — Bréviaire du Vendéen. — Paris, 1840, 3 vol. in-8 br.

255. Biographie des hommes vivants. — Paris, 1816, 5 vol. in-8. avec grav. dem. bas.

256. Blanc (Louis). — Histoire de dix ans. — Paris, 1846, 5 vol. in-18 taches de rouss.

257. Blanchard. — Mythologie de la jeunesse. — Paris, 1807, 2 vol. in-12 ornés de 131 fig.

258. Bobin. — Histoire des empereurs romains avec leurs portraits en taille douce trad. D. B — Paris, 1668, 1 vol. in-12. rel.

259. Boigamatz (Ch. de). — Géographie historique universelle et particulière avec traité de la préséance du Roi de France contre celui d'Espagne par Ch. de Boigamatz, sieur de la Gaudinière. — Paris, 1645, 1 vol in-4. 1|2 rel.

260. Boileau. — Œuvres avec éclaircissement historiq. — 1740, 2 vol. in-f. orn. de grav. rel.

261. Boileau. — Œuvres complètes avec notes historiques et littéraires. — Paris, 1837, 4 vol. in-8 br.

262. Boispréaux (De). — Satire de Pétrone. — 1772, 2 tom. en 1 vol. in-8 rel. avec une grav.

263. Bombelles. — Mémoires sur le service de l'infanterie. — Paris, 1719, 2 vol. in-12. rel.

264. Bonafousse. — Le parterre du parnasse français. —

Amsterdam, 1710, 1 vol. in-12 rel. (manque les pages 241-242.)

265. BONEVILLE (V. DE.) — Le nouveau code conjugal. — Paris, 1792, 1 vol. in-18 br.

266. BONNETIUM (Claudium.) — Epitomœ universam. — Sennerti doctrinam. — Colloniae Allobrogum, 1655, in-f° rel.

267. BOSC D'ANTIC. — Œuvres. — Paris, 1780, 2 vol. in-12.

268. Bon sens (Le). — Paris, 1817, par un gentilhomme breton, 1 vol. in-8, demi-rel.

269. BOSSUET. — Recuéil des oraisons funèbres. — Paris 1762, 1 vol. in-12.

270. BOSSUET. — Instruction sur la version du nouveau testament. — Trévoux, 1702, 1 vol. in-8. rel. maroq.

271. BOTTÉE. — Etudes militaires. — Paris, 1750, 2 vol. in-8 avec plans et figures.

272. BOUILLON. — De la Félicité publique. — 1776, 1 vol. in-8.

273. BOURGOING (François de). — Histoire de F. Joseph Sacrificat, Hébrieu. — Lyon, 1558, 1 vol. in-f.

274. Bref raccourci d'histoire de France, Espagne, Italie, etc. Manuscrit, in-8.

275. Breviarium monasticum ad usum sacri ordinis Cuniacensis. — Parisis, 1686, 1 vol. in-8. rel.

276. Bréviaire Romain (Le) suivant la réformation du concile de Trente (Partie d'hiver). — Paris, 1725, 1 vol. in-4. relié, avec ferm.

277. BRIQUET (SIEUR DE). — Codes militaires. — Paris, 1769, 5 vol. in-12. rel.

278. BRUN. — Pierre de Touche des véritables intérêts des provinces unies des Pays-Bas. — Dordrecht, 1647. 1 vol. in-12. rel.

279. BRUSSEL. — Des fiefs en France pendant les XIe

XIIe XIIIe et XIVe Siècles. — Paris, 1750, 2 vol. in-4. rel.

280. Buchan (Guillaume). — Médecine domestique. Traduit de l'Anglais par J. D. Duplanil. — Paris, 1785, 5 vol. in-8.

281. Buchon. — Choix de chroniques et mémoires sur l'histoire de France. — Paris, 1837, 1 vol. in-8. br.

282. Buffon. — Œuvres complètes. — Paris, 1790, 20 vol. in-8. relié.

283. Bulliard. — Introduction à la flore des environs de Paris suivant la méthode sexuelle de M. Linné, etc. Paris, 1776, 1 vol. in-8. avec pl. col.

284. Bure (De). — Bibliographie de livres rares et singuliers, belles-lettres, théologie, jurisprudence, sciences arts, histoire. — Paris, 1764, 1768, 7 vol. in-8. rel.

285. Bure (Guillaume de). — Catalogue des livres du duc de Lavallière. — Paris, 1783, 3 vol. orné et grav.

268. Byron (Lord). — Mémoires de Lord Byron publiés par Thomas Moore, traduit de l'Anglais par Mme L. S. W. Bellœ. — Paris, 1830-31, 5 vol. in-8. rel.

287. Cadiot. — Histoire chronologique de la France. — Paris, 1828, 1 vol. in-8.

288. Cagliostro (Comte de). — Mémoires pour la comtesse de Lamothe (histoire du collier). — Paris, 1781, comte de Cagliostro et le prince, 1 vol. in-4 rel. orné de nombreux portraits.

289. Calmet. — Dictionnaire historique, critique, chronologique, géographique, et littéral, de la bible. — Toulouse, 1783, 5 vol. in-8.

290. Caluze (P. Antoine). — Les annales des frères capucins par Antoine Caluze, traduites du P. Bover. — Paris, 1675-67, 2 vol. in-f.

291. Campagne du maréchal de Villars de l'année 1712. — Paris, 1713, 1 vol. in 12. rel.

292. Campan (Mme). — Mémoires sur la vie privée de Marie-Antoinette. — Paris, 1823, 3 vol. in-8. br.

293. Caraccioli (Marquis de). — Education de la noblesse. — Avignon, 1762, 1 vol. in-12.

294. Caraccioli (Marquis de). — L'univers énigmatique. — Avignon, 1757, 1 vol. in-8 br.

295. Carité ou la Cyprienne amoureuse. — Toulouse, 1521, 1 vol. in-8 parch.

296. Castel (Abbé de St-Pierre). — Annales politiques. — Londres, 1758, 2 vol. in-12. rel.

297. Catalogue de la bibliothèque Duriez. — Paris, 1827, rel.

—. Catalogue de la bibliothèque de M. Paris. — Besançon, 1831, 1 vol. in-8.

— Catalogue des livres du cabinet de Jean Gaignat. — Paris, 1835, 2 vol. in-8. rel.

— Catalogue de la bibliothèque de M. Ch. Nodier. — — Paris, 1844, 1 vol. in-8. br.

298. Caumartin (De). — Procès-verbal de la recherche de la noblesse de Champagne avec les armes et blasons de chaque famille. — Chalons, 1 vol. rel. (sans date).

299. Causes célèbres et intéressantes avec les jugements qui les ont décidées. — Londres, 1794, 20 vol. in-12 rel.

300. César. — Commentaires traduction par M. le Deist de Botidoux. — Paris, 1809, 5 vol. in-8. relié.

301. Chabodie. — Le petit monde ou sont représentées les plus belles parties de l'homme. — Paris, 1604, 1 vol. in-8. avec grav. frontisp.

302. Chaboulon (Fleury de). — Mémoires pouvant servir à l'histoire de la vie privée, du retour et du règne de Napoléon Ier en 1815. — London, 1820, 2 vol. in-8. rel.

303. CHABROL CHAUMÉANE (De.) — Dictionnaire de la législation usuelle. — Paris, 1835, 2 tomes en 1 vol. in-4.

304. CHAMPION (Abbé). — Le Théologien philosophe. — Paris, 1786, 2 vol. in-8

305. CHARASSIN (F.) — Dictionnaire des racines et dérivés de la langue française. — Paris, 1840, 1 vol. in-4. demi rel.

306. CHASSARD (J.-B.) — Fêtes et courtisanes de la Grèce. — 1821, 3 vol. in-8. br. (manque le 4e vol.)

307. CHATTERTON. — Œuvres complètes traduites par Pagnon. — Paris, 1839, 2 vol. in-8. br.

308. CICÉRON. — Les épitres familières de Cicéron. (Liv. XI). — Douay, 1623, 1 vol. in-18. parch.

309. CICÉRON. — Œuvres de Cicéron, traduites par M. Du Ryer. — Paris, 1670, 12 vol. in-12 rel, tr. or.

310. CICÉRON. — Orationes (tom 2). Philosophia (tom 1 et 2). — Lugdini, 1570-71 3 vol. in-12. rel. tr. or. plat. orn.

311. CLOVIS. — Poème dédié au roy. — Paris, 1725, 1 vol. in-8 rel.

312. COCHIN. — Œuvres de Cochin. — Paris, 1771, 6 vol. in-4. relié.

313. COEHORN (Baron de). — Nouvelles fortifications (Hexagone à la française). — 1791, 1 vol. broché, avec pl.

314. CONDAMINE (De la). — Voyage à l'équateur pour la mesure des trois premiers degrés des méridiens. — Paris, 1751, 1 vol. in-4. avec plans et grav.

315. COMMANVILLE (Abbé de). — Table des évêchés et archevéchés de l'univers. — Rouen, 1700, 1 vol in-8 rel.

316. COMITUM (Nathalis). — Mythologia, suivie du poème, avec notes de Grof. Linocier. — Genève, 1651, 1 vol. in-8 rel.

317. CONDORCET. — Vie de Voltaire suivie de ses mémoires. — Kehl, 1789, 1 vol. in-8.

318. Conduite (La) du duc Galovay en Espagne et en Portugal. — Rotterdam, 1609, 1 vol. in-18.

319. Conférences ecclésiastiques de Paris sur le mariage. Paris, 1761, 2 vol. in-12. bas pl.

320. Considérations sur la France. — Londres, 1797, 1 vol. in-8 br.

321. Constitution (nouvelles) militaires. - Francfort, 1760, 1 vol. in-4. avec 22 planches grav.

322. COOK. — Voyages de Cook de 1772 à 1787. — Paris, 14 vol. in-4 rel. avec cartes et fig.

323. CORNELIUS A BEUGHEM. — Syllabus recens exploratum in re medica physica et chymica etc., etc. — Amstelodami, 1696, 1 vol.in-18. rel.

324. CORNEILLE. — Imitation de J.-C. traduite en vers français. — Rouen, 1656, 1 vol. in-24 relié. av. 4 pl. et titre grav. (Manque le frontispice et la date).

325. CORNEILLE. — Théâtre. — Paris, 1765, 12 vol. in-8 rel. av. grav.

326. Correspondance confidentielle de Louis XVI. — Paris, 1803, 2 vol.

327. Correspondance secrète entre Milord All'oye et Milord All'car. — Londres, 1777, 4 vol. in-12 relié.

328. COURIER (Paul-L.) — Œuvres, précédées d'une notice par Armand Carrel. — Paris, 1834, 4 vol. in-8 br.

329. Coutume (La) de Paris mise en vers, avec le texte à côté. — Paris, 1768, 1 vol. in-12 rel.

330. CREBILLON. — Œuvres. — Paris, 1812, 3 vol. in-8 rel., avec grav.

331. Curiosités de Paris, par M. L. R. — Paris, 1733, 2 vol. in-12 rel. av. grav.

332. DAÏRE. — Les épithètes françaises. — Lyon, 1759,
1 vol. in-12 rel.

333. DALLÉON. — L'original, comédie en vers Paris, 1830,
1 vol. in-8 br.

334. DANCHET. — Cyrus, tragédie. — Paris, 1706, 1 plaq.
in-18 , parch.

335. DANICAN. — Les brigands démasqués ou mémoires
pouvant servir à l'histoire du temps présent. — Londres, 1796, 1 vol. in-8.

336. DANTE. — La divina comedia, composta ed incisa da
Sophia Giacomelli. — Paris, Salmon , 1 vol. in-4,
demi-rel. de Solot.

337. DAZINCON (D. C.) — Opera medica. — (Manuscrit rel.)

338. D... (C...) — Découvertes faites sur le Rhin d'Amagé-
loléus. — Porrentruy, 1696, 1 plaq. in-18 demi-rel.

339. DÉLEBOÉ. — Opera medica. — 1681, 1 vol. in-f. avec
portrait de l'auteur.

340. DELILLE. — Œuvres avec notices par Tissot. —Paris,
1831-33, 10 vol. in-8 br.

341. DEMISART. — Actes de notoriété donnés au châtelet de
Paris. — 1769, 1 vol. in-4 rel.

342. De re Hortensi naveli vasculis, etc. — Paris, 1545,
1 vol. in-12.

343. DESMAREST. — Les délices de l'Esprit. — 1575, 1 vol.
in-12 avec grav. rel.

344. DESPRÉAUX (L. Cousin). — Les leçons de la nature. —
Lyon, 1817, 4 vol. rel.

345. DEVAISNE (Dom). — Dictionnaire raisonné de diplo-
matique. — Paris, 1774, Lacombe, 2 vol. in-8.

346. Dictionnaire de l'académie française. — Paris, 1796,
2 vol. in-f° rel.

347. Dictionnaire de la conversation et de la lecture. —
Paris, 1833, 52 vol. en 91 fasc. in-8. br.

348. Dictionnaire des arts et des sciences. — Paris, 1694,
2 vol. in-f° relié.
349. Dictionnaire historique et géographique de l'Italie. —
Paris, 1775, 2 vol. in-8 demi-bas.
350. Dictionnaire universel des synonymes de la langue
françaises. — Paris, 1802, 3 vol. in-18, demi-rel.
351. DIDEROT. — Œuvres philosophiques de M... D... —
Amsterdam, 1772, 4 vol. in-8. rel.
352. Dionysii halicarnasei antiquitatum sive originum. —
Romanarum libri, 1532, Basilæ, 1 vol. in-f° rel.
353. Discours sur les fondements de la République romaine.
— 1 vol. in-18.
354. DORA. — Fables et allégories historiques. — 1772,
1 vol. in-8. br., avec grav.
355. DRAP-ARNAUD. — Thomas Morus ou le divorce de
Henri VIII, tragédie. — Paris, 1827, 1 vol. in-8 br.
356. DUCIS. — Œuvres de Ducis. — 1826, 4 vol. in-8. br.
357. DUCLOS. — Considérations sur les mœurs de ce siècle.
— Londres, 1769, 1 vol in-8 rel.
358. DUCLOS. — Considérations sur les mœurs de ce siècle.
— Londres, 1794, 1 vol. in-18 rel.
359. DUCOUDRAY. — Histoire de Bolivar par le général Du
coudray Holstein. — Paris, 1831, 2 vol. in-8. br.
360. DUMONT D'URVILLE. — Voyage autour du monde. —
Paris, 1834, 2 vol. in-4 rel.
361. DUMOURIEZ. — Mémoires du général Dumouriez. —
Londres, 1794, 2 vol. in-8.
362. DUMOUSTIER. — Lettres à Emilie sur la mythologie. —
Paris, 1835. — 2 vol. in-8 rel.
363. DUPERON DE CASTERA — Le Newtonianisme pour
les dames ou entretien sur la lumière, sur les couleurs
et sur l'attraction. — Paris, 1730, 2 vol. in-12.
364. DU VERDIER. — Abrégé de l'histoire d'Angleterre,

d'Ecosse, d'Irlande, avec frontispice. — Lyon, 1679, 2 vol. in-12. av. grav.

365. Du Verdier. — Histoire d'Espagne. — Rouen, 1663, 2 vol. in-12.

366. Eléments de la guerre. — Paris, 1773, 1 vol. in-8. rel.

367. Elementa Juris canonici. — Vesuntioni. 1782, 1 vol. in-8. br.

368. Encyclopédie des gens du monde. — Paris, 1840, 44 vol. in-8. br.

369. Encyclopédie des maximes pensées, réflexions sur toutes sortes de sujets. — Paris, 1761, un in-8. rel.

370. Enfantin (R. P.). — Colonisation de l'Algérie. — Paris, 1843, 1 vol. in-8. br.

371. Entretien d'un jésuite sur la bulle unigenitus. — 1733, in-18.

372. Ermite d'Enghien (L'). — Fables et contes en vers. — 1773, 1 vol. in-8.

373. Espagnac (D'). Histoire de Maurice comte de Saxe, par le baron d'Espagnac. — Paris, 1775, 2 vol. in-18, rel. avec tr. or.

374. Eyries. — Histoire des naufrages. — 1859, 1 vol. grand in-8 br.

375. Erasme. — Eloge de la folie, traduction par M. Gueudeville, 1753, 1 vol. in-12 avec notes et figures. rel.

376. Espilly (Claude.) — Plaidoyez de messire Claude Espilly, président du parlement de Grenoble. — Lyon, 1657, 1 vol. in-4. rel.

377. Eschyle. — Traduction de Biard. — Paris, 1837, 1 vol. in-8. br.

378. Ewerbeck (Hermann). — L'Allemagne et les allemands. — Paris, 1855, 1 vol. in-8. br.

379. Fables pour les dames, traduction de l'Anglais. — Amsterdam, 1764, 1 vol. in-8. rel.

380. Fables et contes en patois de Montpellier. — Montpellier, 1813, 1 vol. in-8. broché.

381. FALLOT (Gustave.) — Recherches sur les formes grammaticales de la langue française et de ses dialectes au XIII siècle, publiées par Paul Ackermann, et précédées d'une notice sur l'auteur. — Paris, 1839, 1 vol. in-8. br. tach. de rous.

382. FELETZ (De). — Cours de littérature d'histoire et de philosophie. — Paris, 1828, 6 vol. in-8 br.

383. FÉNELON. — Dialogue des morts. — Amsterdam, 1720, 2 vol. in-18. rel.

384. FÉNELON. — Dialogue des morts. — Paris, 1766, 1 in-18.

385. FÉNELON. — Télémaque. — Dijon, 1791, in-8 relié. pl. maroq.

386. FERGUSON. — Histoire des progrès et de la chute de la République Romaine. — Paris, 1741, 7 vol. in-12, avec cartes.

387. FERNELII (Joannis.) — Œuvres. — Lugdini, 1574, 1 vol. in-18. rel.

388. FOIX (Général). — Discours du général Foix. — Paris, 1826, 2 vol. in-8. broché.

389. FOLARD (Sieur de). — Nouvelles découvertes sur la guerre. — Brussellle, 1624, 1 vol. in-18. rel.

390. FOLARD (Sieur de). — Projet d'un ordre franc. en tactique. — Paris, 1760, 1 vol. in-4 rel.

391. FONTENELLE. — Œuvres de Fontenelle. — tome 12, Paris, 1767; tom 4. Paris, 1768; tome 3, 5 et 10, Paris, 1764, 10 vol. in-18. rel.

392. FONTENELLE. — L'esprit de Fontenelle, recueil de ses ouv. — 1774, La Haye, 1 vol. in-18. rel.

393. FORSTER (Georges.) — Voyage philosophique et pittoresque sur les rives du Rhin, en Flandre, Hollande, Brabant et Liége. — Paris, 1792, 2 vol. in-8. br.

394. Foudras (Marquis de). — Fables et apologues. — Paris, 1839, 1 vol. in-8. broché.

395. Fouilloux (Jacques). — La Vénerie. — Angers 1844, 1 vol. in-4, demi-rel., avec grav. sur bois.

396. Foujas de Saint-Fond. — Description de la machine aérostatique de MM. Montgolfier. — Paris, 1783, 1 vol. in-8 br. (2 exemp.)

397. Foy (Le général). — Discours précédés d'une notice historique par Tissot. — Paris, 1826, 2 vol. in-8 br.

398. Gabet. — Dictionnaire des artistes de l'école française au XIX siècle. — Paris, 1831, 1 vol. in-8 br.

399. Galéni. — Opéra. — Lugdini, 1550, 4 vol. in-f° rel.

400. Geofroi. — Histoire des plantes (manuscrit). — 1743, in-4. relié.

401. Gibert. — La Rhétorique ou les règles de l'élequence, — Paris, 1799, 1 vol. in-18 rel.

402. Gibelin. — Expériences et observations sur l'air. — Paris, 1777, 3 vol. in-18.

403. Gingins-La-Sarraz (De). — Lettres sur la guerre des Suisses contre le duc Charles-le-Hardi. — Dijon, 1839, 1 vol. in-8. br.

404. Gomez (Madame de). — Crémentine reine de Sanga, histoire indienne. — Paris, 1728, 2 vol. in-12. rel., orné de grav.

405 Gorani. — Lettres sur la Révolution française. — Paris, 1793, 1 vol. in-8.

406. Grécourt (De). — Œuvres diverses. — Amsterdam, 1762, 2 tom. en 1 vol. in 12. avec grav.

407. Grimm. — Les veillées allemandes. — Paris, 1838, 2 vol in-8 br.

408. Gresset. — Œuvres. — Londres, 1780, 2 vol. in-18

409. Gresset. — Œuvres. — Paris, 1829, 3 vol. in-18 br.

410 Grozeiller. — Fables nouvelles dédiées à monsei-

gneur le duc de Bourgogne. — Paris, 1760, 1 vol. in-12 rel.

411. Guide pittoresque du voyageur en France. — Paris, 1838, 6 vol. in-8. ornés de 740 vignettes, port. et 87 cart., rel. demi-v.

412. Le Guide des étrangers dans Paris. — Paris, 1740, 1 vol. in-12.

413. GUIGNARD (M. de.) — L'Ecole de mars. — Paris, 1725, 2 vol. in-4 rel. av. pl. et fig.

414. GUYOT (Jules). — Etudes des vignobles de France. — Paris, 1868, 3 vol. in-8. br.

415. GUIZOT. — Histoire de la civilisation en France. — Histoire de la Révolution d'Angleterre. — Paris, 5 vol. in-4. rel.

416. GUYÉTANT. — Poésies diverses par Guyétant du Mont Jura. — Paris, 1790, 1 vol.

417. HAESTENS (Henry). — La nouvelle Troye ou mémorable siège d'Ostende. — Leyde, Elzevier, 1615, 1 vol. in-4 rel., orné de pl. et grav.

418. HELVÉTIUS — De l'homme. — Londres société typographique, 1673, 2 vol. in-8 rel.

419. HENRION. — Histoire des ordres religieux. — Paris, 1835, 2 vol. in-8. br.

420. HÉNAULT. — Histoire de France. — Paris, 1768, 3 vol. in-12 rel.

421. HERVIER. — Lettre sur la découverte du magnétisme animal. 1784. — L'Antimagnétisme ou origine, progrès, décadence, etc., du magnétisme animal. — Londres, 1784, 1 vol in-8 av. 1 gr.

422. HIPPOCRATE. — Hippocratis Coi opera, trad. de J. Cornarium. — Basilæ, 1546, 1 vol. in-f°.

423. HIPPOCRATE. — Hippocratis aphorismi. — Basilæ, 1756, 1 vol. in-18 rel.

424. Histoire de Christine reine de Souabe. — Paris, 1783,
1 vol. in-12.

425. Histoire de la guerre de 1741. — Amsterdam, 1755.—
2 tomes en 1 vol. rel.

426. Histoire des Juifs jusqu'à la ruine de Jérusalem. —
Paris, 1759, 1 vol. in-8 rel.

427. Histoire naturelle et morale des Indes, traduit de
l'Espagnol par Cauxois. — Paris, 1550, 1 vol. in-8.
parch.

428. Histoire du meurtre de Jean-sans-Peur avec les noms
des familles dont il est fait mention dans cette histoire. — Paris, 1729. 1 vol. in-4. relié. v.

429. Histoire philosophique et politique des établissements
et du commerce des Européens dans les deux Indes.
— 1774, La Haye, 7 vol. in-8. orné de grav. d'Eisen.

430. Histoire de la philosophie de la nature. — Londres,
1777, 6 vol. in-8. rel. orné de grav.

431. Histoire de Henri de Rohan. — Paris, 1667, 1 vol.
in-12 rel.

432. Histoire de la vacance du trône impérial, tirée de mémoires authentiques. — Paris, 1790, 1 vol.

433. Histoire du vicomte de Turenne. — Lyon, 1807, 1 vol.

434. Homère. — L'Iliade et l'Odyssée. — Traduction de
Mme Dacier. — Paris, 1774, 4 vol. in-18. rel.

435. Homère. — Œuvres, Paris, 1830, 2 vol. in-8. br.

436. Horace. — Horatius Flaccus, avec commentaire de
Lambin. — Paris, 1579, 1 vol. in-f. rel.

437. Imbert. — Historiettes et nouvelles en vers. — Amsterdam, 1774, 1 vol. grand in-8. rel. avec front. grav.
et vig. de Moreau le Jeune.

438. Ingénieur (Le parfait) français avec plans et fig. —
Paris, 1734, 1 vol. in-4. rel.

439. Inventaire des diamants de la couronne par les com-

missaires de l'assemblée nationale MM. Bion, Chris-
tin et Delattre. — Paris, 1791.

440. Jacob (Le Bibliophile). — Catalogue de la bibliothèque
dramatique de M. de Solenne, rédigé par le bibliophile Jacob. — Paris, 1843-1845, 5 vol. br.

441. Jacob (Le Bibliophile). — Les aventures du grand
Balzac. — Paris, 1838, 2 vol. in-8.

442. Jacobineide (La). — Poème Héroï-com. civique. —
Paris, 1792, 1 vol. in-8. avec grav.

443. Jaligny (Guillaume de). — Histoire de Charles VIII.
— Paris, 1684, 1 vol. grand in-4. rel. v. d. orn. t r. or.

444. Jaufrret (A). — Art épistolaire. — Dole, 1825, petit
in-18. rel.

445. Joly de St-Claude (Romain). — Géographie sacrée
des monuments de l'Histoire Sainte. — Paris, 1784,
1 vol. in-4. rel.

446. Jonchère (De la). — Système d'un nouveau gouvernement en France. — Amsterdam, 1720, 2 vol.
in-8. rel.

447. Journal des marches, campements, batailles, sièges,
mouvements des armées du roi en Flandre et de
celles des alliés depuis l'année 1690, jusqu'à 1694. —
Paris, 1694, 1 vol. in-12.

448. Jubinal (Achille). — Jongleurs et trouvères et autres
pièces légères des 13e et 14e siècles. — Paris, 1835,
1 vol. in-8. br.

449. Jubinal (Achille). — Mystères inédits du XVe siècle.
— Paris, 1837, 2 vol. in-8. demi rel. avec fac-simile
d'autographes et dessins.

450. Jubinal (Achille). — Œuvres complètes de Rudebœuf
trouvère du XIIIe siècle. — Paris, 1839, 2 vol.
in-8. br.

451 JUSTINIEN. — Les lois agraires, traduction de Montels,
— Lyon, 1613, 1 vol. in-12. rel.

452. L M. D. M. — La vie de Philippe d'Orléans par L.
M. D. M. — Londres, 1736, 2 vol. in-18. rel.

453. LACÉPÈDE. — Essai sur l'électricité. — Paris, 1781,
2 vol. in-8. rel.

454. LACÉPÈDE. — Œuvres du comte de Lacépède avec
table. — Paris, 1840, 13 vol. in-8. br.

455. LAFONTAINE. — Contes et nouvelles. — 1777, 2 vol.
in-8. rel. av. grav.

456. LAFONTAINE. — Œuvres complètes. — Paris, 1814,
6 vol. in-8. rel. grav. de Moreau le Jeune.

457. LAFONTAINE. — Fables illustrées par J. J. Grandville.
— Paris, 1838, 2 vol. grand in-8. rel. d'amateur
(Piqures).

458. LACROIX (Nicole de). - Géographie moderne. — Paris,
1773, 2 vol. in-8. rel.

459. LAIRE (F. X.) — Specimen historicum typographiæ
Romanæ XV sæculi. — Rome, 1775, 1 vol. in-8.

460. LAIRE. — Index Librorum abinventa typographiæ, ad.
Annum 1500. — Senonis, 1791, 2 vol. in-8. rel.

461. LALLY TOLLENDAL. — Mémoires de Lally Tollendal. —
— 1790, 1 vol. in-8.

462. LAMARE. — Dict. ou traité de la police.

463. LA MENNAIS (Abbé de). — Œuvres complètes. — Paris,
1844, 10 vol. in-18.

464. LAMEZON (Baron de). — Allemagne fédérative consi-
dérée dans ses rapports avec l'Europe. — Paris,
1818, 1 vol. in-8.

465. MONNOYE (Bernard de la). — Œuvres choisies de
Bernard de la Monnoye. — Paris, 1779, 2 vol.
in-4. rel.

466. LA POIX DE FRÉMENVILLE. — Dictionnaire ou traité de

la police générale des villes, bourgs, paroisses et seigneuries de la campagne. — Paris, 1767, 1 vol.

467. La Poix de Frémenville. — La pratique universelle pour la rénovation des Terriers et des droits Seigneraux. — Paris, 1746-54, 4 vol in-4. rel.

468. Lancelotte (R -P.) — Le Quare c'est-à-dire pourquoi des hérétiques résolu par le quïa c'est-à-dire par le parce-que des catholiques. — Tournay, 1637, 1 vol. in-8. rel.

469. Landais (Napoléon). — Grammaire de Napoléon-Landais. — Paris, 1835, 1 vol. in-4. demi bl.

470. Larrey (De). — Histoire de France sous le règne de Louis XIV. — Rotterdam, 1718, 2 vol. in-4. d. chag.

471. Lecoqmadeleine. — Service ordinaire et journalier de la cavalerie. — Paris, 1720, 1 vol. in-8. rel.

472. Loyer (Pierre le). — Discours et histoires des spectres, visions et apparitions des esprits. — Paris, 1 vol. in-4. parch.

473. Le Monnier (Abbé) — Fables et contes. — Paris, 1773, 1 vol. in-8. rel. avec front.

474. Le Maitre de Claville. — Traité d'un vrai mérite de l'homme. — Paris, 1740, 2 vol. in-12.

475. Le Noble. — Contes et fables. — Lyon, 1647, 2 vol. in-12. avec grav.

476. Lenoir. — Traité de la culture de la vigne et de la vinification. — Paris, (sans date) 1 vol. in-8. br.

477. Lenglay. — Tablettes chronologiques de l'histoire Universelle sacrée, profane, ecclésiastique et civile depuis la création du monde jusqu'en l'an 1762. — Paris, 1763, 2 vol. in-12.

478. Lettres à une dame de qualité. — Lyon, 1715, 1 vol. in-12. rel.

479. Lettres sur l'Italie en 1785. — Rome, 1788, 2 vol. in-8.

480. Lettres de l'Impératrice de Russie à M. de Voltaire.
— Paris, 1830, 1 vol.

481. Lettres de Madame la marquise sur la princesse de Clèves. — Château-Gaillard, 1678, 1 vol. in-12. rel.

482. Lettres de quelques Juifs Portugais et Allemands à M. de Voltaire. — Paris, 1772, 2 vol. in-8. rel.

483. LINGUET. — Œuvres de Linguet. — Londres, 1774, 3 vol. in-12. rel.

484. LIPSI (Justi). — De amphiteatro liber, avec fig. Anterpiæ 1548. — Vesta et vestalibus syntagma. Anterpiæ, 1609, 1 vol. in-4. rel.

485. LOCKE. — Essai philosophique concernant l'entendement humain traduit par Coste. — Amsterdam, 1774, 4 vol. in-12 rel.

486. LOUVOIS. — Testament politique du marquis de Louvois. — 1645, 1 vol. in-12. parch.

487. LUCIADE (La). — Traduction de P.-L. Courier, avec notice sur sa vie. — Paris, 1822, 1 vol. in-8. br.

488. LACHAMBEAUDIE (Pierre). — Fables précédées d'une préface de P.-J. Béranger. — Paris, 1844, 1 vol. in-8.

489. LA MOTTE (De). — Fables nouvelles dédiées au roi. Amsterdam, 1727, 2 tom en 1 vol. in-12, avec fig. rel. parch.

490. LE BEAU. — Histoire du Bas-Empire. — Paris, 1757, 24, vol. in-12. rel.

491. M... D... — Histoire de Gustave-Adolphe roi de Suède. — Amsterdam, 1764, 4 vol. in-12. rel.

492. MABLY (Abbé de). — Observations sur les Grecs. — Genève, 1749, 1 vol. in-12. rel.

493. MAINBOURG (R.-P.) — Histoire du Lutheranisme. — Paris, 1798, 2 vol. in-12. rel.

494. MALFILATRE. — Œuvres de Malfilatre. — Paris, 1822, 1 vol. in-12. rel. av. grav.

495. MARGALLON (R.-P. de). — Nouvelle relation de la
Chine par le R.-P. de Margallon. — Paris, 1688,
1 vol. in-4. rel. v. fleurdelisé or.

496. MARGAT (M. de la C de J.) — Histoire de Tamerlan.
— Paris, 1739, 2 vol. in-12. rel. tr. d

497. MARTINET. -- Les trois belles sœurs et les six cou-
sines. Comédie bleuette en 3 actes. — Lons-le-Saunier, 1815, 1 plaq. in-8. br.

498 Madame de Maintenon (Lettres de). — Dresde, 1753,
1 vol. in-12.

499. MAISTRE (Xavier de). — Œuvres complètes. — Paris,
1839, 1 vol in-8. br.

500. MENNECHET. — Cours de littérature (4 vol.). — Histoire de France (2 vol.) Etude sur la lecture (1 vol)
— Paris, 1848, 7 vol in-18. br.

501. Manuel du Dragon. — Paris, 1781, 1 vol. in-12 rel.

502. Manuel pour le corps de l'infanterie par un officier de
dragons. — Paris, 1780, imprimerie royale, 1 vol.

503. MARET. — Mémoire sur la manière d'agir des bains
d'eau douce et d'eau de mer et sur leurs usages. —
Paris, 1769, 1 vol. in-8. — Manuel sur les eaux minérales et les établissements thermaux des Pyrénées,
publié par le Comité de Salut Public. — Paris, an
III. 1 vol. in-8. — BAUDRY. — Manuel des eaux minérales de Bourbonne-les-Bains. — Dijon, 1736,
1 vol. in-8. br. — Manuel des eaux minérales de
Chateldon, Celles, Vichy et Hauterives. — Paris;
1778, 1 vol. in-8.

504. MARIN (M.-A.) — La Farfalla ou la comédienne con-
vertie par Michel-Ange Marin, de l'ordre des mini-
mes. — Avignon, 1762, 2 tome en 1 vol. in-8.

505. MARIVAUX. — Œuvres complètes. — Paris, 1825-30,
9 vol. in-8. br.

506. MARMONTEL. — Poétique Française. — Paris, 1763,
2 vol. in-8. rel.

507. MARMONTEL. — Contes Moraux. — Paris, 1765, 3 vol.
in-8. avec grav.

508. MARMONTEL. — Chefs d'œuvre dramatiques ou recueil
des meilleures pièces du théâtre, etc. — Paris, 1773,
1 vol. grand in-4. demi rel.

509. MARMONTEL. — Œuvres, (XIᵉ à XVIIᵉ vol). — Paris,
1787, 7 vol. in-8. rel. — Œuvres Posthumes, Paris,
12 vol. in-8. br. 1804, 1806.

510. MARMONTEL. — Œuvres Posthumes. — La neuvaine
à Cythère — Polymnie. — Paris, 1820, 1 vol. in-8.
rel. v. orné de 3 grav.

511. MAROT (Clément). — Œuvres complètes, nouvelle édition ornée d'un portrait et augmentée d'un essai sur
la vie et les ouvrages de C. Marot — Paris, 1824,
3 vol. in-8. broch.

512. MARTINEAU (R.-P.) — Recueil des vertus de Louis de
France duc de Bourgongne. — Paris, 1721, 1 vol.
in-8. rel.

513. MATTHIOLUS (Petrus-Andr.) — Commentarii in sex
libros Pedacii Dioscoridis anazarbei de medica ma-
teria. — Venise, 1554, in-f. parch.

414. MAURY. — Œuvres choisies du cardinal Maury. —
Paris, 1827, 5 vol. in-8. br

515. MAYRE (Jacob). — Ledamus ultimus Rhodiorum,
poema Heroïcum. — Paris, 1685, 1 vol. in-13 rel.

516 Mémoires et réflexions sur les principaux événements
du règne de Louis XIV, par L M. D. L. F — Rotterdam, 1716, 1 vol.

517. Mémoires pour servir à l'histoire du chevalier de
Folard. — Ratisbonne, 1733, 1 vol. in-18. rel.

518. Mémoires pour servir dans les négociations et affaires

concernant la France. — Paris, 1689, 1 vol. in-18. r.

519. Mémoires et souvenirs d'un pair de France. — Paris, 1848, 4 vol. in-8. demi rel.

520. Mémoires sur le maréchal Duplessy. — Paris, 1 vol. in-12.

521. Mémoires secrets pour servir à l'histoire de la République des lettres de France depuis 1762. — Londres, 1784, 1 vol. in-12. br.

522. Mémoires pour servir à l'histoire de France de 1515, à 1611. — Cologne, 1719, 2 vol. in-8. rel. avec portraits grav.

523. MÉNAGE. — Dictionnaire Etymologique de la langue Française. — Paris, 1750, 2 vol. in-f. rel. v.

524. MERSANEUSI (Bartholomeo Castello). — Lexicon medicum. — Patavii, 1713, 1 vol.

525. MERY (De). — Histoire des proverbes, adages, sentences, etc. — Paris, 1828, 3 vol. in-8. br.

526. MESSIE (Pierre de). — Les diverses leçons de Pierre de Messié, gentilhomme de Sévile. — Lyon, 1577, 1 vol. petit in-4. rel

527. MESSIE (Pierre de). — Les diverses leçons de Pierre de Messie gentilhomme de Sévile. — Lyon, 1592, 2 vol. in-8.

528 MENESTRIER (L. P. C. F.). — Méthode nouvelle raisonnée du blason. — Lyon, 1646, 1 vol. in-18. rel.

529. MEZERAY (S. de). — Abrégé chronologique de l'histoire de France. — Amsterdam, 1755, 14 vol. in-8. rel (Le tome III est de l'édit. de 1682.)

530. MICHAUD. — Bibliographie des Croisades. — Paris, 1812. 7 vol. in-8. rel. avec cartes

531. MIRABEAU. — Lettres originales de Mirabeau, recueillies par Manuel. — Paris, 1792, 4 vol. in-8.

532. Mœurs anglaises ou appréciations des mœurs et des

principes qui les caractérisent. — 1758, La Haye, 1
vol. in-8. demi rel.

533. Molière. — Œuvres illustrées. — Paris, 1835-36,
2 vol. grand in-8. rel. av. grav.

534. Montchablon. — Dictionnaire abrégé d'anquités. —
Paris, 1773, 1 vol. in-12. rel.

535. Monmerqué. — Théâtre français au moyen âge d'après
les manuscrits de la bibliothèque du roy. - Paris,
1839, 1 vol. in-4. d. chag.

536. Monnier. — De l'influence attribuée aux philosophes,
aux francs-maçons et aux illuminés sur la révolution française. — Paris, 1 vol. in-8 br.

537. Monnier (H.). — Mémoires de Joseph Prudhomme,
2 vol. 1857, 2 vol. in-8 br.

538. Montaigne. — Les essais de Michel, seigneur de
Montaigne. — Rouen, 1641, 1 vol. gr. in-4, parch.

539. Montesquieu. — De l'Esprit des lois. — Genève, 1749,
2 vol. in-4 rel.

540. Morel — Abrégé de l'histoire statistique du ci-devant
évêché de Bâle. — Strasbourg, 1813, 1 vol. in-8 av.
cartes, demi-rel.

541. Mourfouach de Beaumont (Gille). — Apologie dés
bestes où l'on prouve leur connoissance et leur rai-
sonnement. — Paris, 1739, 1 vol. in-12 rel.

542. Mourgue (R.P.). — Traité de la poésie française. —
Paris, 1655, 1 vol. in-18. rel.

543. Moustier (De). — Lettres à Emilie sur la mythologie. — Paris, 1835, 2 vol. in-8 av. gr.

544. Mythologie, c'est-à-dire explication des fables, etc.,
etc., extraite du latin de Noël le Comte et augmentée
de plusieurs choses qui facilitent l'intelligence du
sujet, par I. D. M. — Lyon, 1640, 1 vol. in-4 rel. av.
frontispice gravé.

545. Négociations entre la France et l'Angleterre. — Paris, 1761, 1 vol. in-8.

546. Niebelungen (Les) poème traduit par Madame Moreau de la Milcher et publié par Francis Riaux. — Paris, 1839, 2 vol. in-8 br.

547. NICOLAS. — Dissertation sur la torture. — Amsterdam, 1682, 1 vol. in-18.

548. NINON DE LENCLOS. — Lettres de Ninon de Lenclos au marquis de Sévigné. — Paris, 2 tom. en 1 vol. in-18 rel.

549. NOEL et DE LA PLACE. — Leçons françaises de littérature et de morale. — Paris, 1826, 2 vol. in-8 rel.

550. NEWTON. — Traité d'optique, traduit de l'anglais par Coste. — Amsterdam, 1720, 2 vol, in-18 rel. av. fig.

551. NONNOTTE. — Les erreurs de Voltaire. — Lyon, 1767, 2 vol. in-12 rel.

552. Nouveau testament (Le) de la traduction des docteurs de Louvain. — Rouen, 1712, 1 vol in-18 rel.

553 ORBIGNY (Ch. d'). — Dictionnaire d'histoire naturelle. — Paris, 1841, 25 vol. in-8 br. et 3 atlas in-f° contenant 1,200 figures en couleurs.

554. ORBIGNY (D'). — Voyage dans les deux Amériques. — Paris, 1836, 1 vol. gr. in-8, demi-rel, avec pl. et grav.

555. ODDOUL. — Lettres d'Abailard et d'Héloïse. — Paris, 1839, 2 vol. gr. in-8 rel. demi-chag. av. illlustrations de J. Gigoux.

556. OMPHALIUS. — Monologia. — Paris, 1536, 1 vol. rel. parch.

557. Ordonnances du roy pour le gouvernement des provinces. — Douai, 1750, 1 vol. in-8 rel.

558. Ordonnances pour régler le service dans les places et dans les quartiers. — 1815, 1 vol. in-12.

559. Origine (De l') des lois, arts et sciences chez les an-

ciens peuples depuis le déluge jusqu'à l'établissement
de la royauté chez les Hébreux. — Paris, 1758, 3 vol.
in-4 av. grav.

560. Œuvres badines et morales. — Amsterdam, 1776,
1 vol. in-18 rel.

561. Parnasse chrétien (Le). — Paris, 1760, 1 vol. in-18
rel.

562. Parseval (F.-A). — Philippe-Auguste, poëme héroï-
que en douze chants. — Paris, 1826, 1 vol. in-8 br.

563. Patria. — La France ancienne et moderne, morale
et matérielle. Encyclopédie. — Paris, 1847, 2 vol.
in-18 br.

564. Patru. — Œuvres diverses de Patru. — Paris, 1732,
2 vol. in-4 rel.

565. Pellisson. — Histoire de Louis XIV. — Paris, 1749,
3 vol. in-12 rel.

566. Peignot. — Précis sur la maison royale de France. —
Paris, 1815, 1 vol. in-8, demi-rel.

567. Perrin. — Les œuvres de poésies de M. Perrin. —
Paris, 1661, 1 vol in-12 rel.

568. Perrin. — Enéïde de Virgile traduite en vers héroïques. — Paris, 1664, 1 vol. in-12 av. gr.

569. Perron (Cardinal du). — Les ambassades et les négociations de l'illustrissime cardinal du Perron. — Paris, 1623, 1 vol. in-f° rel.

570. Polignac (De). — L'Anti-Lucrèce, poëme. — Bruxelles, 1751, 1 vol. in-12.

571. Pontaillier (Abbé). — Le théologien philosophe. —
Paris, 1786, 2 vol. in-8 rel.

572. Picard. — Traité du nivellement. — Paris, 1684, 1 vol.
in-18 rel. av. fig.

573. Piron. — Voyage de Piron à Beaune. — Dijon, 1832,
1 plaq. in-8 demi-rel.

574. PLINE (Le jeune). — Histoire du monde. — Lyon, 1581, 2 vol. in-f⁰ (mauvais état, mouillures et plusieurs feuillets déchirés).

575. PLINE (Second). — Historia mundi naturalis, Plini secundi. — Francfort, 1582, 1 vol. in-f⁰ av. fig. (mauvais état, mouillures et plusieurs feuillets déchirés).

576. PLINE (Le jeune). — Lettres de Pline le jeune, traduction de Sacy. — Paris, 1826, 3 vol. in-8 br.

577. PLUTARQUE. — Vie des hommes illustres — Paris, 1834, 1 vol. in-8 br.

578. Poésies d'un prince étranger à Paris. — Paris, 1789, 1 vol. in-8 rel. v. éc. tr. or.

579. POMPADOUR. — Lettres de la marquise de Pompadour. Londres, 1773, 2 tom. en 1 vol. in-18 rel.

580. POPE. — Œuvres de Alexandre Pope. — Paris, 1779, 8 vol. in-8 rel.

581. POPE. Les principes de la morale et du goût, traduction par du Besnel. — Paris, 1738, 1 vol. in-18 rel.

582. Pragmatica sanctio. — Paris, 1503, 1 vol. in-4 gothique.

583. PROYARD (Abbé). Vie du dauphin frère de Louis XIV. écrite sur les mémoires de la com — Paris, 1777, 1 vol. in-18 br.

584 PUVIS (A.). — Traité des amendements (marne et chaux. — Paris, 1848, 1 vol. in-18 demi-chagr.

585. RAGUEAU. — Indice des droits royaux et seigneuraux du royaume de France. — Paris, 1550, 1 vol. in-4 parch

586. RAGUENET (Abbé) — Histoire du vicomte de Turenne. — Lyon, 1807, 1 vol. in-18 rel.

587. RAMSAY (David) — Histoire de la Révolution d'Amérique, par rapport à la Caroline méridionale. — Londres, 1787, 2 vol. in-8 rel. bas. pl.

588. Recueil de diverses pièces pouvant servir à l'histoire.
— 1643, 1 vol. in-4 rel.

589. Recueil des édits, déclarations et arrêts concernant les
duels et rencontres. — Paris, 1689, 1 vol. in-18 rel.

590. Recueil des édits, ordonnances, etc , concernant l'hôtel royal des Invalides à Paris. — 1744, 1 vol. in-4,
rel.

591. Recueil des édits concernant l'hôtel royal des Invalides. — Paris, 1781, 2 vol. in-4 rel.

592. Rec. général des questions traitées par les plus beaux
esprits de ce temps. — Paris, 1660, 4 vol. in-8 rel.

593. Recueil précieux de la maçonnerie adhonhiramite. —
Philadelphie, 1786, 2 tom. en 1 vol. in-12 av. grav.

594. ROBESPIERRE (La mort de). — Tragédie en trois actes
— Paris, 1801, 1 vol. in-8. br.

595. Recueils des meilleurs contes en vers. — Genève,
1774-1784, 2 vol. in-8. rel.

596. REGNARD. — Œuvres complètes. — Paris, 1826, 6 vol.
in 8. br.

597. Relations de guerre contenant le secours d'Arras 1654,
le siège de Valence, 1656, le siége de Dunkerque,
1658. — Paris, 1662, 1 vol. in-8. rel.

598. Remarque sur la langue française. — Rouen, 1673,
1 vol. in-4. rel. avec frontispice.

599. RENAULDON. — Traité des droits seigneuriaux. —
Paris, 1765, 1 vol. in-4. rel.

600. RENDU. — Code universitaire. — Paris, 1835, 1 vol.
in-8. br.

601. Réponse au mémoire instructif du père J. B. Girard
Jésuite pour demoiselle Catherine Cadière de la ville
de Toulon, etc. — Aix, 1731, 1 vol. in-f. rel.

602. Répertoire dramatique, etc. comprenant tragédie 5 vol.
comédie-vaudeville 6 vol. — Haute comédie 2 vol.

— Opéras comiq. 5 vol. drame 6 vol. — Vaudeville, en 1 acte, 1 vol. — Paris, 1812-31, 25 vol. in-18. rel. avec quelques frontispices, lithog. d'après Horace Vernet.

603. RICHARLONN. — Pomela ou la vertu récompensée traduction de l'abbé Prévot. — Amsterdam, 1771, 4 vol. in-12. rel.

604. Dictionnaire des rimes, revue etc. par Berthelin. — Paris, 1662, 1 vol. in-8. rel.

605. RIEUZI (Domeny de). — L'Univers, Océanie, ane, Amérique. — 1836, Pernin Didot, 6 vol. in-8. or. gr. pl. dessin.

606. RICCOBONI (Mme). — Histoire de Christine reine de Souabe. — Paris, 1783, 1 vol. in-12. rel.

607. ROCHETTE (Raoul). — Lettres sur la Suisse. — Paris, 1828, 3 vol. in-8. rel. orné de grav. d'après Konig, Lory, et autres paysagistes célèbres.

608. ROHAN (Duc de). — Le parfait capitaine abrégé des guerres de la Gaule. — Paris, 1640, 1 vol. in-4. rel.

609. ROLLIN. — Œuvres complètes avec notes de M. Bousson de Mairet. — Lons-le-Saunier, 1826, 16 vol. in-12. demi rel.

610. ROLLIN. — Œuvres complètes. — Paris, 1826, 12 vol. in-18. br.

611. ROLLIN. — Philosophie. — Paris, 1823, 4 vol. in-12. bas. pl.

612. ROQUEFORT. — Grossaire de la langue romaine et supplément. — Paris, 1808, 1820, 3 vol. in-8. br.

613. ROCHEFORT (L. de). — Souvenirs et mélanges politiques et littéraires. — Paris, 1826, 2 vol. in-8. demi rel.

614. ROSSET. — L'agriculture Poëme. — Paris, 1774, 1 vol in-4. rel. v. pl. avec grav.

615. Rousseaud (Guy de). — Commentaires sur les nouvelles et ordonnances concernant les donations, les testaments, faux principal etc. — Paris, 1753, 1 vol. in-4. rel.

616. Rousseaud de la Combe (Guy du). — Recueil de Jurisprudence canonique et bénéficiale. — Paris, 1771, 1 vol. in-f. rel.

617. Rousseau (J.-B.) — Œuvres de J.-B. Rousseau. — Paris, 1743, 4 vol. in-12. rel.

618. Rousseau (J.-J.) — Œuvres complètes. — Paris, 1821, 21 vol. in-8. avec grav. rel. demi, v.

619. Roussel (De). — Tableau historique et chronologique du service militaire, depuis la création des régiments. — Paris, 1773, 1 vol. in-f. rel.

620. Rousset. — Les intérêts présents des puissances de l'Europe fondés sur les traités de la paix d'Utrecht. — La Haye, 2 vol. in-4. rel.

621. Roux de Rochelle. — Histoire du régiment de Champagne. — Paris, 1839, 1 vol. in-8. br.

622. St Evremont (Mme la Comtesse de). — Mémoires. — 1711, 1 vol. in-18. rel.

623. St-Marc (Rémond de). — Œuvres de Rémond de St-Marc. — Amsterdam, 1749, 5 vol. petit in-18. rel. avec grav.

624. St-Marc (De). — Œuvres de St-Marc. — Genève, 1775, 1 vol. in-4. avec grav.

625. Salluste (G. de). — La sepmaine ou création du monde. — Nismes, 1581, 1 vol. in-18. parch.

626. Salvador (J). — Lois de Moïse érigées en système politique et religieux des hébreux. — Paris, 1823, 1 vol. in-8. br.

627. Sandricourt (De). — Pasquin et Malforis sur les intrigues de l'estat. — Paris, 1552, 1 vol. in-4. rel.

628. Ségur (Vicomte J.-A. de). — Les femmes, leur condition, par V. J.-A. de Ségur, augmenté d'un vol. sur les femmes au XIX siècle. — Paris, 1828, 4 vol. in-18. br.

629. Sénèque. — Pensées de Sénèque. — Paris, 1752, 2 tome en 1 vol. in-18. rel.

630. Sérieys. — Eléments de l'histoire du Portugal. — Paris, 1805, 1 vol. in-18. rel.

631. Semerli (Damélis). — Œuvres en cinq tomes. -- Londres, 1664, (tomes 1. 3. 4.) 3 vol. in-f. rel. (manquent les tomes 2 et 5.

631. Sévigné (Madame de). — Lettres de Madame de Sévigné. — Paris, 1827, 12 vol. in-18. br.

633. — Soulavie. — Histoire de la décadence de la monarchie française. — Paris, 1802, 3 vol. in-8. br.

634. Le spectateur ou la société moderne traduit de l'anglais. — Amsterdam, 1754, 7 vol. in-18. rel.

635. Stael (Madame de). — Delphine, avec préface de Ste-Beuve — Paris, 1839, 1 vol. in-18. demi chag.

636. Sterne. — Œuvres complètes. — Paris, 1818, 1 vol. in 18. br.

637. Sugny (Servan de). — Satires contemporaines et mélanges. — Paris, 1832, 1 vol. in-8. demi rel.

638. Sully. — Mémoires de Sully. — Rouen, 1663, 2 vol. in-12. rel.

639. Tableau des prisons de Paris sous le règne de Robespierre. -- Paris, 1792, 2 vol. in-18.

640. Tablettes historiques généalogiques et chronologiques, contenant les terres du royaume érigées en marquisats, comtés etc, avec tables. — Paris, 1751, 1 vol. petit in-18. br.

641. Tasse (Le). — Jérusalem délivrée, enrichie de la vie du Tasse. — Paris, 1825, 2 in-18. rel. orné de grav.

642. TANDON (Auguste). — Fables et contes en patois de
Montpellier. — Montpellier, 1813, 1 vol. in-8 br.

643. TESTU. — Almanach Impérial pour l'an XIII. — 1 vol.
in-8. rel mont. rouge. tr. or.

644. Théàtre de l'éloquence française. — Lyon, 1656, 1 vol.
in-4. rel.

645. THOURET. — Recherches et doutes sur le magnétisme
animal. — 1784, 1 vol. in-18. br.

646. TILLET (Jean Du). — Recueil des roys de France leurs
couronne et moisons. — Paris, 1580, 1 vol in-f. parch.

647. TOPPFER. — Premiers voyages en zig-zag. — 1 vol.
petit in-4. br. avec fig.

648. TOURNEFORT (Pitton de). — Histoire des plantes qui
naissent aux environs de Paris. — Paris, 1698, 1 vol.
in-18. rel.

649. Traité de la police générale. — Paris, 1831, 1 vol.
in-8. rel.

650. TRENEUIL (J.) — Poëmes élégiaques. — Paris, 1824,
1 vol. in-8. br.

651. TRESSAN. — Mythologie comparée. — Paris, 1810,
2 vol. in-18. demi rel. 16 pl. de flg.

652. TRÉVOUX. — Dictionnaire français. — Nancy, 1734,
5 vol. in-f. rel.

653. TURNER. — Ambassade au Thibet et au Boutan, traduit de l'anglais par J. Castera. — Paris, 1826, 2 vol.
in-8.

654. VALLESII (F.). — Francisci Vallesii commentaria. —
Orléans, 1654, 1 vol. in-f. rel.

655. VALMONT (Comte de). — Œuvres du comte Valmont.
— Paris, 1821, 6 vol. in-12 br. av. gr.

656. VAUMORIÈRE (De). — Harangues sur toutes sortes de
sujets — Paris, 1713, in-4 rel., orné du port. de
l'aut.

657. Velly (Abbé). — Histoire de France depuis l'établissement de la monarchie jusqu'à Louis XIV. — Paris, 1770-1786, 15 vol. in-4 rel., ornés de portraits (incomplet), par l'abbé Velly, et continué par MM. Villaret et Garnier.

658. Vernier. — Abrégé analytique de la vie et des œuvres de Sénèque. — Paris, 1812, 1 vol. in-8 br.

659. Vernier. — Caractère des passions. — Paris, an V, 1 vol. in-8 rel.

560. Vertot (Abbé de). — Histoire des révolutions de Suède. — Paris, 1768, 2 vol. in-12 rel.

661. Vertot (Abbé de). — Histoire des chevaliers de Malte — Paris, 1772, 7 vol. in-12 rel.

662. Vertot (Abbé de). — Révolution de Portugal. — La Haye, 1755, 1 vol. in-12 rel.

663. Vocabulaire (le grand) français. — Paris, 1772, 30 vol. in-4 rel.

664 Voiture. — Œuvres de M. Voiture. — Paris, 1686, 2 tom. en 1 vol. rel. av. portr. et frontisp. grav. (piqure).

665. Volney. — Voyage en Egypte et en Syrie. — Paris, 1882, 2 vol. in-8, demi-rel.

666. Volney. — Méditations sur les révolutions des empires. — Paris, 1796, 1 vol. in-8 rel., av. 1 fig.

667. Voltaire. — Œuvres complètes. — Paris, 1785, 69 vol. in-8 rel.

668. Vie d'Anne Stuart (La), reine d'Angleterre. — Amsterdam, 1716, 1 vol. in-12 av. portr.

669. Vie du prince Eugène de Savoie. — La Haye, 1703, 1 vol. in-12 rel.

670. Vie (La) du prince Eugène de Savoie. — La Haye, 1703, 1 vol. in-12. Moëtjens.

671. Vie de Socrate (La) traduite de l'anglais. — Amsterdam, 1751, 1 vol. in-12 rel., tit. grav.

672. Vie politique du maréchal Soult. — Paris, 1776, 1 vol.
in-8 br.

673. VILLEMAIN. — Mélanges historiques et littéraires. —
Paris, 1830, 3 vol. in-8, av. portr. et cart.

674. VILLIS. — Carissimi viri Thomæ Villis, doctoris medici opera medica et phisica. — Lugdini, 1676, 2 vol.
in-4 rel., av. fig.

675. VANIÈRE. — Les pensées de Vanière. — Rouen, 1798,
1 vol. in-8.

676. VERGILE (Polidor). — Les mémoires et histoire de
l'origine, inventions et auteurs des choses. — Paris,
1582, 1 vol. in-8 parch.

678. VIRGILII (P.). — Maronis Opera. Mauri Seruii com-
mentari. — Paris, Robert Etienne, 1532, 1 vol. in-f.
rel. parch. vél.

679. VIRGILE. — Virgilii Maronis Opera. — Lyon, 1558,
1 vol. in-8.

680. VIRGILE. - Œuvres. — Paris, 1830, 1 vol. in-8 rel.

681. WIT (Jean de). — Mémoires de Jean de Wit. — La
Haye, 1709, 1 vol. in-12 rel.

682. VULSON. — Traité des élections d'héritiers contrac-
tuels et testamentaires. - Toulouse, 1753, 1 vol. in-4
rel

683. VYTFLIET et A. MAGNIN. — Histoire universelle des
Indes. — Douai, 1611, 1 vol. avec planches et frontispices, 1 vol. in-f. rel.

684. YOUNG. — Les nuits d'Young, traduction par Letour-
neur. — Paris, 1759, 3 vol. in-12 rel., av. grav.

Dôle. — Imp. A. Flusin.